# 无碑者手记

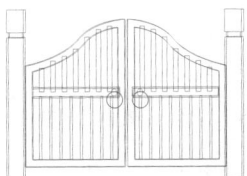

## 玩家手册

# 基本信息

## 作品简介

  2023年，一位年轻人不幸遭遇父亲离世。在弥留之际，父亲提醒年轻人一定要回老家探索祖辈留下来的秘密。年轻人回到老家，找到父亲说的盒子，里面竟然全是太爷爷留下来的资料。太爷爷是民国时期生活在上海的一位推理破案能力特别厉害、社会地位非常高的人，他经手过无数的案件，资料里全是关于谋杀案的详情。而放在最上面的第一起案件，就是1937年，马歇尔探长在跑马厅被诡异地砍下头颅的"密室谋杀案"……

  （为了各位的游戏体验，请严格按照本手册的指引浏览，请勿提前浏览后续剧情的相关文件，以防泄底或剧透！）

  （为增加玩家的沉浸感，游戏流程中的不同环节会有对应的BGM推荐，现已提前为各位建好歌单，方便大家聆听，在网易云音乐平台搜索"无碑者手记"播放即可。）

# 游戏流程

## I．背景介绍

（玩家在游玩该环节时，可以搭配由 Jeff Russo 创作的纯音乐 *the house*。）

游戏正式开始。在这个故事中，你将先饰演一位年轻人。

你出生于 1990 年，可惜母亲因难产而死。后来你一直在单亲家庭长大。不幸的是，在刚过去的三年里，父亲也因重病而意外早逝。父亲临死前，说自己已经没有时间将家族的历史告知你。而你一定要在祖宅里找到太爷爷留下来的盒子，里面有他、你妈妈，以及祖辈希望你知道的一切。

于是你就回到老家，找到了尘封已久的盒子。里面有非常多的东西，全是太爷爷经历过的事情，但你根本看不懂内容，那些似乎都是关于谋杀案的……

你曾经听家人说过，太爷爷生活于民国时期的上海，他的推理破案能力特别厉害，是很有名的人物，名号甚至流传至今。而他在职业生涯末期，就很少再接触案件了，反倒开始搜集整理这些资料。你很好奇这里面到底是什么信息会令太爷爷如此在乎，以至于将近一百年了，还会被家族传承下来，重要到连父亲临去世前还要专门嘱咐你来看这份资料。

可在这些年里，盒子中缺失了很多东西，需要慢慢去整理。

由于原件非常珍贵，加上都已经破破烂烂的了，而且那个年代的叙述方式也不太符合你的阅读习惯，所以你出于让自己能更方便阅读的目的，便按照当代人的阅读习惯特地重新整理了太爷爷的资料。所以，现在手头上供你浏览的资料都是新的。

你翻开第一个故事，那就是关于 1937 年 6 月 25 日马歇尔探长离奇死亡的案件。

## Ⅱ．马歇尔的离奇死亡（建议时长：35分钟内）

**（阅读《线索册》中的"马歇尔案""案发现场图""钟楼图"。）**

阅读完毕之后，请进行推理，找出真凶。

（确定推理结束后，再浏览下文的真相！）

**真相复盘如下：**

凶手准备两架三角梯子，放置在离房间门口有一定距离的位置，较矮的放置在前面，较高的放置在后面，整体与门口呈一条直线。

改装过的插有利刃的弓弩以与门板垂直的方向放置在两架梯子之间。两条已经剪过的尼龙绳将弩的前后两端分别固定在三角梯上，已剪好一定长度的尼龙绳的一端紧紧缠绕在门把上（当时门是关着的），然后将另一端绕过左上方的沙袋，往上拉至吊灯处，从后面绕过吊灯的柱子，再拉回来直到弓弩处，最后将弓弦拉到极限，用尼龙绳绑着弦。此时整张弓弩能受到两个三角梯的支撑，就不会变形。

只要马歇尔一按下门锁，弓箭的弹力就会在一瞬间把门拉开至极限，插有利刃的箭矢也就顺势射向了马歇尔。

马歇尔瞬间死亡，不会发出太大动静。

**（浏览"马歇尔案手法图"。）**

数小时后，凶手从北口进入案发现场，把头颅放在屋檐处，将绳子绑到分针上。完成之后，凶手按原路离开现场。绳子被分针越拉越长，到了4点50分，头颅被绳子扯动掉了下去。

5点27分左右，时针与分针重合，绳子被剪断。

情妇阿红从前一天晚上23点起就一直有不在场证明，不可能去处理头颅。

凶手6月22日就已经在进行杀人诡计的试验，因此排除阿桂。

若4点之前就设置好处理头颅的诡计，那么绳子会在4点20分至4

点 25 分之间被剪断，因此排除雷云。

但凶手必定是在资料中已经被提及的人，且有特定称呼，而保镖的信息完全可信，所以凶手是——

（阅读《太爷爷的私人日记 01》及《线索册》中的"胡弦的感想"。）

阅读完毕后，你脊背发凉，突然意识到一个奇怪的情况：

刚刚体验的这件案子本来就是一场游戏，所以才会有线索说凶手就在这些人当中。但实际上在当年的上海，放眼全社会，符合作案条件的人非常多，而太爷爷是一个社会地位很高的聪明人，他要隐藏自己是多么容易。更何况巡捕房可能连作案手法都没有搞清楚，所以这起案件在当时才会成为震惊整个上海滩的未解悬案，太爷爷也就成功逃跑了。

但与此同时，你也会冒出许多疑问——

毫无疑问，太爷爷当时与马歇尔探长是同一阵营的，为何 1937 年 6 月会突然做出那样的事情？他又为何要把这件事记录下来，就是为了告诉你，他是凶手吗？这简直太离奇了！

或许，盒子下方的文件会有答案。

你继续往下翻找，只见接下来的资料是关于 1937 年步间风被杀的大宅案件的信息。

但和刚才有所不同，1937 年的大宅刺杀案，太爷爷竟然是从侦探李菲的视角去讲述的。看来，现在需要你代入到李菲的视角中去了解她与这起案件的故事了……

请浏览李菲的个人剧本，通篇读完（**注意！是李菲的个人"剧本"，并非"李菲的回忆"**）。

（玩家在游玩该环节时，可以搭配由 Ludovic Bource 创作的纯音乐 *waltz for peppy*。）

# Ⅲ．"海陆空"之大宅刺杀

## 一、1937年大宅刺杀案的解答（建议时长：20分钟内）

（浏览完《李菲剧本》后，你根据文中的描述自行绘制出步家大宅二楼的平面图，即"大宅平面图一"。接下来，你可继续阅读"大宅平面图一"以及《线索册》中的"第一轮线索""晚宴座次图""1937年大宅案件行动线总结"。）

（注意！"大宅平面图一"中间的"日"字，位于中间那"一横"便代表隔开了两个空间。一楼此处是餐厅和厨房，而二楼此处则是完完全全的实心柱子。包括室内其他地方用一条横线隔开的，都代表有墙壁隔开了空间。）

阅读完毕之后，请玩家进行推理，找出真凶！

（玩家在游玩该环节时，可以搭配由 Fear band 创作的纯音乐 dervish d。）

（确定推理结束后，再看下文的逻辑！）

**你的主观推理如下：**

可确定步间风的死亡时间是在晚上 7 点 12 分至 8 点整之间。

而在这时间段里，伊伊一直在客人房，既没有从房间出来，也没有从窗户离开——从黄雪唯的视角与线索可印证，因此可排除。

女佣只在 8 点上过楼，但未曾进入过房间。

在外面守候的胡弦与罗思思都未曾见到有人外出。

所以唯一有可能行凶的就只有上过天台的管家。

管家通过绳子垂下至步间风的房间，行凶结束后烧掉绳子。由于胡弦近视且没有集中注意力，只是瞥了一眼，看不清楚，故未能发现火苗。

关于下安眠药的手法——管家顾利力首先将安眠药粉末放在袖子内，通过递信的动作，将其倾泻在汤里。因为当时有信件在手，所以起到了非常好的掩护作用。

## 二、1935 年大宅毒杀案的解答（建议时长：15 分钟内）

你继续探索着盒子里的秘密：

下方有一张纸，标题写着"1935 年的秘密"。怎么回事，两年前又发生过什么吗？你赶紧打开，纸上记录着卢在石当时在现场说的一番话——

"欸，等等！我们正在检查死者房间的遗物，刚找到了一张被深藏在柜子里的单据，上面秘密记录着 1935 年此人在西方动过手术——切除了大黑痣。怎么回事？我们都知道步间风与步间云是双胞胎，二人在外表上唯一的不同就是步间云的左边嘴角长了一颗大黑痣。

"但是步间风是没有大黑痣的啊！当年去西方和洋人谈生意的他，怎么可能会动这个手术？这么说来，难道二人当年真的调换了身份？回想起来，1935 年的案子，由于鲁冰先生迅速破获，同时死者家属也都表示要留个全尸，好好安葬，我们也就没有再干涉。

"当时被我们抓获的那个凶手李约，说步间风有一个生意需要出国用英语和洋人交流，但他不懂英语，丢不起这个脸，便干脆找懂英语的弟弟步间云代替他去谈。步间云从小就离开了步宅，自己住在外面，但兄弟俩关系还挺好，哥哥经常邀请弟弟回步宅做客。但这事名义上是步间风出去谈生意了，实际上并不是，所以步间风干脆对外宣布邀请弟弟回步宅住几天，其实就是步间风假扮成弟弟回自己家里睡了——这个秘密，步间风只告诉了伊伊和李约。

"只是当时我们都确信了鲁冰的推理，所以没有理会李约说的话。

"既然现在确认了 1935 年死去的不是步间云，而是步间风，那么作为生意合伙人的李约，确实不可能有杀人动机……趁各位侦探聚集于此，尚未离开，不如就帮巡捕房一个忙吧！而这里，是当年调查出来的线索。"

（阅读《线索册》中的"1935 年的秘密""第二轮线索""1935 年鲁冰的推理"。）

（确定推理结束后，再看下文的真相！）

**真相复盘如下：**

明确知道步间风身份的人，只有伊伊与李约（顾利力有可能知道，但不能确定）。

而伊伊明确表示过自己讨厌脸上有痣的男人，因此伊伊与其亲热时，步间风肯定不会贴黑痣。

因此，伊伊离开后，步间风脸上是没有黑痣的。黑痣本身有耐久度，因此步间风并不会无缘无故贴上黑痣。

但10点15分李约前来时，他注意到步间风脸上贴着黑痣。

步间风确认过来者身份再开门，因此他没有理由刻意贴上黑痣。

也就是说，在伊伊与李约之间还有一个步间风需要欺骗的对象前来找他，那么步间风贴上黑痣后没有除下便直接见了李约，也就说得过去了。

而女佣艾文表示自己在二楼进行清洁工作时，没有看见任何人。

但是艾文当时真的在二楼进行清洁工作吗？

一大早，艾文身上就有一股酒气，那必定是早上染上的。步宅里，酒只放在地牢里。而伊伊与顾利力没有喝酒的习惯，因此艾文不可能是从他们身上染上酒气的。

因此，艾文当时明显撒谎了，她并没有在二楼进行清洁工作，而是下到地牢去喝酒了。

她为了生计，绝对不能失去这份工作（她不知道死亡的是步间风，害怕步间风回来会把她解雇），因此撒谎了。

那么，在艾文去喝酒的中途，进入步间风房间的人是谁呢？

必定不是伊伊与李约，因为步间风见这两个人是不用贴黑痣的，且伊伊当时不在大宅内。

若是艾文，那么她在面对巡捕房时应该主动说出自己当时在地牢里喝酒，而不会说出在9点50分至10点15分没有人经过的证词，这反而等于给自己添上了嫌疑。而且，她并不知道毒药的存在，也没有获得毒药的可能性，更没有下毒的时机（步间风不允许她进入自己的房间）。

因此，唯一的可能性就只有顾利力了。

伊伊、顾利力、步间云显然是一伙的，但真正下手的是顾利力，动机就是让步间云代替步间风成为步宅的主人。

为何顾利力和伊伊会如此强调女佣证词的真实性，因为他们就是要利用女佣的假证词来排除自己的嫌疑。而伊伊对步间风说自己非常讨厌长有黑痣的脸，也只是为了哄步间风而撒的谎罢了。

### 三、1937 年大宅刺杀案的矛盾

你继续阅读太爷爷留下来的资料：

巡捕房并没有调查到这两年三人之间发生过什么纠纷。

最重要的是，在破解了 1935 年的真相之后，巡捕房发现顾利力的手一直保持着不自然的姿势——调查确定，他的右手肘部在上周受过伤，不能承重，也无法完全伸直。所以，**顾利力是不可能顺着绳子下去行凶的**。

你仔细回想自己刚才的推断，感觉所谓的"管家借着信件遮挡衣袖进行下药"的方法实际上并无可行性，因为信件是挡在死者和汤碗的正中间的，顾利力如果真把安眠药藏在袖子里，根据描述过的袖子长度，以及汤碗的大小，顾利力袖子里的毒药只会撒到桌子上。也就是说，**顾利力无论从动机还是实际情况来看，确确实实都不可能杀害步间云**。

问题到底出在哪里呢？你继续翻找，只可惜在太爷爷的记录中并没有关于 1937 年真相的记录，你估计是在战火纷飞的年代遗失了。

你再度专注于 1937 年的大宅刺杀案，重新投入解谜中……

### 四、1937 年大宅刺杀案的真相（建议时长：45 分钟内）

（确定推理结束后，再看下文的真相！）

真相复盘如下：

要想找出真相，必须先挖出谜面中几个暗藏的矛盾之处——

① 黄雪唯是守候在西北方角落。7点45分，顾利力上楼为何还往西方（黄雪唯的方向）走去？

② 顾利力去天台本该直走就可以，为何在黄雪唯的视角里是绕过柱子转向南方直行，然后再转向东方，5秒之后才响起他上天台的脚步声呢？

③ 黄雪唯为何没有亲眼看见顾利力上下天台的身影？

④ 众人发现尸体时，步间风房间的南北侧都是完好无损的锁上状态，而房间内东西两侧的墙壁显然没有问题。但在霍森的描述里，他的动作是连忙冲到窗前，推开从没有安装锁的窗户——为什么会产生这样的矛盾？

要解答以上矛盾，就需要考虑到一个认知问题——

步宅的建造年代是民国初期，客观上来说那时候是不可能使用简体字的。且，中国人在建筑时也很注重对称性。**而你正在阅读的资料，都是你为了方便现代人阅读，重新将原文整理出来的。没错——是你自己误导了自己。简体字的"间"是你自己手绘的。**

步宅真正的结构，应该是"間"。

（浏览"大宅平面图二"——这才是太爷爷留下的真正的线索。）

因此，步间风的房间实际上也有一个隔间。步间风的房间是一个上锁的密室，霍森喊人必定是通过没有锁的窗户。两者不在同一空间，因此可知步间风的房间位于靠近室内的那个空间。

接下来，还需要找出另一角度的切入点——

在场的鲁冰在"小插曲"中明确说明自己在八年前就已经得知步间风不懂英文，而步间云懂英文。

而在1935年案件的线索中，鲁冰是获得了所有线索的（除了后来李约被捕招供的之外）。而当时艾文的证词非常明显地道出了死者不懂英文的事实。

**既然如此，为何鲁冰在1935年仍然会推断出死者是步间云呢？**没有线索支撑鲁冰撒谎的动机，因为鲁冰绝不可能是当时的凶手，根据线索他连大宅都没进入过，与相关人员也没有任何关系。

再者，在你的认知里，鲁冰四十多年来一直都是成年人形象，但在场的鲁冰却说自己目前是四十六岁，这很明显是不相符的。

诸多如此明显的矛盾，便只能导向一种可能性：**两个"鲁冰"并非同一人。**

鲁冰是一个"侠盗"，他在今天之前从来都没有露过面，破案也只是习惯性地留下一封信而已。

那么，现在在座的鲁冰到底是真是假呢？

根据你印象中的鲁冰人设可知，行侠仗义的鲁冰一贯是一人做事一人当，既不会将别人的功劳揽到自己头上，也从不会否认自己犯下的案子。

而在座的鲁冰在与胡弦的交谈中将两年前的案件归功到自己头上，也就可知他是假鲁冰了。

虽然揭穿了假鲁冰的身份，但不代表他就是凶手。可以确定，鲁冰说的时间线现在是没办法确定真伪的。

根据真实的构造与站位，可知黄雪唯看不到谁上过天台。而根据目前的情况，可知顾利力不能使用绳子，伊伊未曾出过房间，艾文上楼时绳子已不存在。

那么，在二楼剩下的唯一一个还有可能利用绳子的是谁呢？

**也就只有假鲁冰了。**

但无论假鲁冰是否打算行凶，他都是不可能拿到钥匙的。而在死者体内的安眠药起作用前，现场就已经是密室了。因此假鲁冰攀爬下去顶多只能去到隔间，他根本无法行凶！

上文已经排除了顾利力下安眠药的可能性，那么根据当时现场状况的描述，剩下唯一做过可疑动作的只有女佣艾文了。

——艾文提前把安眠药下在汤里。已知死者不可能拿第一碗汤，但当晚有客人前来，艾文不能确定他会先把汤给伊伊，所以先放上一碗看看对方怎么做。确认对方给了伊伊之后，艾文开始将三碗汤按照座位次序摆到转盘上，然后逆时针转动，最终将汤碗停留在李菲与黄雪唯之间，确保这三碗是可以让这三人拿到的。

待三人接下后，艾文又将四碗汤摆到转盘上，这次以顺时针转动，将其停留在"步间风"与胡弦之间。就这样，"步间风"再也没有余地将面前的汤分给其他人。艾文就是通过这样的手法完成了安眠药的投放。

如果"步间风"先把汤让给霍森，艾文只需要相反操作就可以了。

根据线索可知，艾文不可能和管家合谋，因此8点时艾文必定是单独一人行动的。

**但这并不代表在艾文动手之前，其他人没有先动手。**

此处存在另一可能性——

**黄雪唯看不到顾利力的行动，他完全有可能在上下天台期间先去房间行凶！**

接下来，就要考虑到尸体的状况。根据现场描述，尸体没有被移动过，就像睡着了一样，而身上只有一个针孔。

按照正常的行为逻辑，一个独自行动的凶手，已经给对方下了安眠药，当看见对方正如自己所想的那样睡着时，她不可能先去检查对方是否已死亡再动手。因此艾文必定动过手。

而尸体身上只有一个针孔，也就可以确认在此之前顾利力没有动过手。

证明完毕，凶手就是艾文。

## 五、凶手的谜团

你继续翻阅盒子里的资料，下一份就是关于当时艾文被抓时的心声记载，这是案件结束之后太爷爷专门找艾文私聊获取并自行整理的。一个进入步家仅仅两年，和步家的人始终保持着距离的女佣，到底有什么动机杀害主人呢？你心怀好奇……

（阅读"艾文心声"。）


## 六、假鲁冰的真实身份

（玩家在游玩该环节时，可以搭配由 Jeff Russo 创作的纯音乐 gus' kite。）

当你阅读完毕后，发现太爷爷还做了备注：

"艾文下药不能保证100%成功，但哪怕失败了，当晚不行凶就是了。至于恐吓信，后来也找到了原件。死者之所以不愿意拿出来，且怀疑是身边人所写，正是因为信上写的名字是步间云。也就是说，写信的人必定知道两年前的事情，步间云自然不可能去委托和步间风关系密切的巡捕房。"

然而步间风和步间云被害的案件告一段落之后，当时并没有立刻结案，因为同时还牵扯了另一件更大的案子……

**鲁冰，他是什么人？又为何要刺杀步间云？**

当时卢在石对假鲁冰还说了这样一段话——

"我在你身上搜到了一把华而不实的红色匕首。这匕首很独特，我只见过一次。1926年，我的长官马歇尔在跑马厅遭遇了一个名叫'十一路'的小流氓的行刺。当时那小流氓手里拿的正是这把匕首。还好匕首是钝的，没有造成太深的伤害。而我们的淞沪警队正在巡逻，刽子手见状，立马就砍下了小流氓的头。但之后回过神来收拾尸体时，却发现匕首不见了！"

盒子底下夹着一份太爷爷的私人日记，里头正好就是关于1926年

"十一路"意图刺杀马歇尔那件事情的记载……

(阅读《太爷爷的私人日记02》、"李荞的回忆01：匕首"。)

## 七、地牢的尸体

有一张纸记载着当时太爷爷与在场众人的对话——

卢在石：我估计这案子就告一段落了，除了李荞留下，其他侦探都可以离开了。

黄雪唯（怒拍桌子，跳起来）：等一下！事情结束了？别开玩笑了。

卢在石（讶异）：黄侦探，您这是什么意思？

黄雪唯：我不知道其他侦探是什么情况，但我就坦白说了吧，我过来可不只是因为委托。我是来找孙平的，我怀疑孙平的尸体一直被步间风非法藏在这座大宅里！

霍森：孙平？该不会就是刚才李荞提到的马歇尔的夫人吧？

黄雪唯：正是她。

李荞：我只听说她之前失踪了，坊间谣传她遭遇了车祸，马歇尔探长还发布过寻人启事，但你为什么会认为她在这里？

胡弦（挠着头，左顾右盼）：对呀，步间风和马歇尔探长可是合作关系，黄雪唯女士这么说可有依据？

黄雪唯（微微仰头）：1929年4月1日中午12点48分，我经过马歇尔的住处，就看见抱着女儿的孙平从家里跑了出来，当时她喘着粗气，披头散发，在马路边左顾右盼。

罗思思：她是要找什么吗？

黄雪唯：我认为她是在找人力车，但当时附近刚好没有，她情急之下就跑走了，从此我就再没见过她。后来我根据自己调查到的信息，发觉孙平最后的下落就是在这里。她并非失踪，而是死了。

卢在石：可是我们巡捕并没有发现……

黄雪唯（打断）：地牢呢？刚才提到的地牢，你们巡捕可还没去过吧！

卢在石（愠怒）：黄侦探，哪怕您大名鼎鼎，也没有资格质疑巡捕的侦查能力吧？

李菲（温婉）：我从没见过雪唯姐姐这么激动，我相信她一定有自己的理由。卢探长，既然我们几位侦探都还在这里，不如就顺道一起去地牢看看吧。要真是雪唯姐姐弄错了，再给您赔不是。

卢在石：唉，行吧，但是你们得跟在我后面，守我的规矩。至于李荞则不得与我们同行。

经过一番对峙，卢在石最终同意带领黄雪唯、霍森、李菲、罗思思、胡弦前往地牢。地牢里一片黑暗，霉味刺激着鼻腔，阴风不时钻进毛孔。六人噤声，仅提着油灯，视线不放过地牢的每一片区域。放眼望去，地牢空无一物。但当六人搜索到地牢尽头时，李菲与罗思思猝不及防地发出了足以撕破黑暗屏障的尖叫声。顺着她们颤抖的指尖所指的方向望去，只见在最里面的角落还有一个小隔间，打开隔间后，里面有两具靠在一起的白骨。根据体形判断，其中一具是成人，另一具是婴儿。而在那具成人白骨旁，发现了一个足以证明其身份的小手袋，上面绣着"孙平"两个字。

尸体显然已经死去多年，现场没有什么检查的价值，众人简单确认了一下白骨身份后便连忙赶回大宅内，通知了孙平的前夫马歇尔探长。不一会儿，马歇尔探长就赶到了大宅，他气冲冲地怒吼：

"我夫人消失了足足八年，现在竟然在我挚友的大宅地牢里发现了她的白骨？这他妈的到底是怎么回事？！卢在石，你们巡捕房的办事能力可真够强的啊。我限你在12小时之内把真相查出来，否则所有人都别想离开这里！"

在众人面前被这么一训，作为马歇尔的养子兼属下的卢在石可是相当难堪，岂料无人再关注的顾利力这时竟主动跳了出来，他大声说道：

"不用查了！反正我也被抓了，就顺便把当年的秘密跟你们说了吧！"

马歇尔诧异地瞪着顾利力："你是……我记得你，你就是步间风的管家，你到底隐瞒了什么？"

## Ⅳ. 李荞与李约的往事

### 一、1929年的车祸

盒子下方就是关于"车祸"的记载，阅读完毕你才知道孙平也是顾利力杀的——

*1929年4月1日中午，马歇尔探长在步间风的大宅里谈事情，离开时由管家顾利力接送，结果在行车途中，发生了车祸，管家不小心撞死了抱着婴儿、披头散发跑在街上的孙平。*

*幸运的是，由于车窗和窗帘的遮挡，马歇尔没有发现真相，管家急中生智骗过了马歇尔，之后将孙平的尸体带回了步宅。在伊伊的求情下，步间风也认为不应该让马歇尔知道这件事，否则自己和对方的关系也会受影响，于是与管家合谋将尸体搬到了地牢最里面的角落，锁了起来。*

…………

在太爷爷的记录中，马歇尔探长当时还说了一段话，这段话被太爷爷重点标记出来：

"我记得1929年4月1号那天，孙平说女儿发高烧，需要我帮忙照顾。但这些芝麻小事，像孙平这样麻烦的中国女人，只是没事找事罢了。所以我就留她自己在家。但有个问题，那时我家有一位私人包车车夫，叫李约。他应该在中午12点半上班。我从来没见过像李约这样尽职尽责的车夫，正因如此，我才聘用了他。刚才我听黄雪唯女士说，孙平是12点48分离开家的，她没有坐人力车，那李约当时在干什么呢？咦……卢探长，你说这里有个叫李莽的人？我忘不了那么独特的名字。**李约有一个亲弟弟，就叫李莽！** 怎么李莽今天刚好也出现在这里？那就麻烦你回忆一下，1929年4月1号那天，你的哥哥到底是怎么一回事！"

（阅读"李莽的回忆02"。）

　　1929年4月1日，上海还发生了一件非常离奇的事，而这正和李约曾经的恋人吴灯倩息息相关。在当时，足足过了8年，真相依旧不为人知。此事在接下来的"霍森的回忆"中也有所记录，太爷爷会将这两件事的资料叠放在一起，难道它们也有着什么关联吗……

（阅读《线索册》中的"'海陆空'之水中消失""'水中消失'线索""吴灯倩家平面图"。）

## 二、"海陆空"之水中消失（建议时长：30分钟）

（玩家在游玩该环节时，可以搭配由腐姬创作的纯音乐「悲鳴あえぎ」。）

　　阅读完毕之后，请玩家进行推理，找出真凶！

（确定推理结束后，再看下文的真相！）

　　**真相复盘如下：**

　　3月28日，李莽接下任务，杀害吴灯倩的父亲并分尸。

　　3月30日，李莽将肉片送到吴灯倩家。

　　步间风打算给吴灯倩最大的打击，就是让她发现父亲只剩下一个头颅时，意识到自己前几天吃的正是父亲的肉。

　　4月1日，趁吴灯倩外出，李莽将头颅带去吴灯倩所在的棚户区，放置在装满水的浴盆里，随后回到步间风处，拿奖赏，回家。

　　李约质疑钱的来源，李莽泄露了秘密。

　　李约震惊，立即赶往吴灯倩家。李约比吴灯倩更早到，因为当时吴灯倩才刚从步间风处得知消息。看到浴盆里的头颅，李约下定决心不能让吴灯倩发现真相。

李约知道自己还有时间，于是先将竖立的小镜子移动到浴盆的右下角正上方的架子处。随后，借助拒马与麻绳的组合，在通道上形成了一道阻隔。

同时，将草棚割开再堆积回去，造成一种假象。随后，利用玫瑰花瓣遮掩水面。

最后，拿出破烂的竖笛，用胶布封住部分会进水的孔洞，跳入浴盆中，躺在头颅下方。

李约在水下需要使用竖笛穿出水面呼吸，但因为竖笛的出气口并不在最顶端，所以必须伸出一定的长度，难免会被发现。因此，李约只能将竖笛穿过被李荞用利刃刺穿的后颈，再从嘴巴穿出。在头颅的遮掩下，竖笛得到了很好的掩护。

**最关键是，这样做能保证李约控制住头颅不会在水面胡乱漂浮**，一箭三雕。

李约将自己的四肢和躯干装作死人的浮出水面，同时在玫瑰花瓣的掩映下，远距离看起来，自己的躯干与死人的头颅是一体的。

吴灯倩回到家中，无法靠近尸体，束手无策的她只能跑出去找路人帮忙。

在水下被死人头颅遮挡了视线的李约，只能通过放置在侧边角落高处的镜子留意吴灯倩的动向，一旦发现她离去，便立马起身，拾起衣服，挪开草堆，带着死人头颅离开。

趁别人没注意，李约偷走了外面的人力车，连忙拉走头颅，并在马歇尔的掩护下躲过了巡捕。

李约迅速离去，在无人发现的地方安葬了头颅。紧接着，为了避免吴灯倩继续与步间风对峙从而得知头颅的实情，李约便连忙赶回去找吴灯倩……

安抚了吴灯倩之后，李约去拜见步间风，求他隐瞒分尸与吃肉的事情。

18

## 三、李约与李莽的往事

（玩家在游玩该环节时，可以搭配由六三四创作的纯音乐 sadness and sorrow 或由高梨康治创作的纯音乐《五月雨》。）

李约是怎么认识吴灯倩的？李约后来和步间风是怎么认识，甚至做了合伙人的？李约和李莽之间发生了什么？吴灯倩和李莽明明是仇人，为什么会保释他？

一个又一个谜团，哪怕在案子破解之后依然无法完全解决。而接下来这份资料就是太爷爷根据李莽的供述总结出来的故事。太爷爷特意总结成一份小说式的记录留给你。

你翻开下一份文件，惊讶于它的厚度，才知这是属于他们半辈子的故事……

（阅读《人物往事》中的"李约的往事：笛子"与"李莽的往事：活着"。）

阅读完毕后，你发现太爷爷的私人日记中也有相关的记载。

（阅读《太爷爷的私人日记03》。）

# Ⅴ．江王令与孙平的往事

## 一、孙平与前夫

挖掘完李约和假鲁冰的真相后，你继续往下浏览。而压在下方的，又是一张记载着1937年2月12日当时仍在大宅里的众人对话的记录——

卢在石对马歇尔说："探长，案情有了进展——"

卢在石还没来得及继续汇报，艾文就立刻从外面冲了进来。她突然怒发冲冠，朝着马歇尔探长大发雷霆，两人甚至还有肢体冲突！

卢在石迅速挡在马歇尔和艾文之间。

艾文："马歇尔你这个人渣，你不得好死！"

卢在石:"艾文,你在发什么疯!"

艾文不屑地笑道:"都是人渣,看看这位探长,衣着光鲜,实际上在背地里干着肮脏的勾当。我已经没什么好怕的了,步间风他死有余辜,而你——马歇尔——也应该去给江王令陪葬!"

卢在石沉思:"江王令……难道,是两年前那起鸦片走私案的犯人?"

艾文:"呸!他是不是犯人,你们心知肚明!1935年,步间风和马歇尔走私鸦片,江王令尾随你们到广东路的仓库,结果死在你们手里。你们官商勾结,与报纸媒体合谋,一手遮天,将走私鸦片的罪名嫁祸到江王令身上。"

这时,艾文奔向霍森,双手使劲抓住对方的衣领,怒吼道:"霍森大侦探,你对这个名字怎么也无动于衷?你当时真的以为是江王令在走私鸦片吗?他从小腿脚就因病落下残疾,别说搬运重物,就连简单的跑步他都做不到。"

霍森无动于衷,避开艾文的眼神。而艾文自知得不到回答,干脆推开对方,转而再次怒目瞪向马歇尔,吐出冰冷的字眼:"我和江王令是朋友,我就是来为他报仇的!还有,听说你们在地牢最里头找到了孙平的白骨?我告诉你们,孙平就是江王令的前妻!你们这些人害死了他们。步间风我杀不成,这下可好,另一个罪人马歇尔主动送上门来了,那我就拉你一起下地狱!"

卢在石:"一派胡言!来人,把艾文押去地牢!"

哪怕艾文再愤慨,一己之力依然难敌众巡捕。旋即,艾文的动静便消失了。

卢在石转过身,摇了摇头,紧皱眉头,若有所思:"唉。"

马歇尔见状问道:"卢探长,你叹什么气?"

"没什么,马歇尔探长,我只是有点累。"

"你该不会是同情那个女佣吧?她可是杀人犯。"

"我知道,请马歇尔探长放心,我绝对没有其他的意思。"

"哼,别忘了我当时对你说过什么。"

突如其来的信息让众人不知所措,而马歇尔是否真如艾文所说背地里做过如此多坏事呢?诸位侦探也陷入了思考之中。

而胡弦则不同，他脸上显然不是疑惑与沉思，而是愤怒，身体不禁颤抖着。终于，他也忍不住拍案而起，毫不客气地手指马歇尔。

胡弦："她说的都是真的吗？这一切都是你们在背后搞的鬼吗？"

卢在石："大胆，一个失败侦探竟敢对马歇尔探长无礼！"

胡弦的脸上不见了平时的滑稽搞怪，开始冷笑："呵，那我也直说了吧，我虽然不认识艾文，但我过来也是为江王令报仇的。"

卢在石："你也认识他？"

胡弦："当然。只是我认识他的时候，他还不叫这个名字。他原名叫江平，是一个老实本分的人，一辈子都不可能跟鸦片扯上关系，更别说走私了！"

卢在石："江平？这名字我怎么这么熟悉……等等，你是住在霞飞路的吧？我记得1922年那里发生了一起地痞头目坠楼案！当时案件被当成了意外。可是在我上任以后重新调查发现，案件中存在各种无法用常理解释的矛盾。我锁定的一位嫌疑人就叫江平。然而江平那时候就已经和妻子孙玲一起离开了霞飞路，从此消失无踪。欸？等等——江平？孙玲？江王令？孙平？这不就是把名字调换过来了吗！怪不得我找不到他们，看来是改名潜逃到静安寺路了呀。呵呵，看来我们找的是同一个人啊，胡大侦探。"

胡弦喘着粗气："流氓罪有应得，死有余辜！"

卢在石："看你这么愤怒的样子，和他们关系不浅吧？当时我一直想不明白江平到底是怎么杀人的，但如果有你胡大侦探帮忙的话，那当年的案子我就有眉目了。来人，给我把胡弦抓起来！"

太爷爷的记录到此戛然而止，后续内容都已在战乱中遗失。但幸运的是，案件的线索与胡弦的回忆记录仍然完好无缺地保留了下来。你尝试通过手头仅有的这些资料，还原出案件的真相……

（玩家在游玩以下环节时，可以搭配由 Jeff Russo 创作的纯音乐 Lewis' Coronation – Sailing Ship。）

**（阅读"胡弦的回忆"及《线索册》中的"'海陆空'之不可能坠楼""第**

四轮线索""天台平面示意图"。)

（现已知卢在石一筹莫展之际，是由侦探霍森出面破解了作案手法，现在就请你先来还原一下霍森当时破解的手法到底是怎样的吧！）

## 二、"海陆空"之天台坠落（建议时长：20 分钟）

阅读完毕之后，请玩家进行推理，找出真凶！

（确定结束后，再看下文霍森在 1922 年的推理！）

**霍森推理如下：**

案发当天，小头目离家后，凶手及同伙利用梯子爬上天台，潜入住宅。

凶手打造了一块能承担一定重量的板子，以及一些能放置在楼梯左右两侧遮挡视线的与楼梯两边墙壁看起来一模一样的高 1.7 米的板子，同时准备好四捆 1.7 米高的竹子，稳固立于地上，支撑板子。

三人首先用竹子将板子架在天台上。前方的两捆竹子安置在栏杆与边缘之间的空间，并连接着两根绳子。

固定好板子之后，将原阶梯替换成规格超出了标准的阶梯，安置在二楼到天台的位置上，阶梯最高处与板子相连。只要踏上阶梯，就会直接通向用板子伪造的天台。

由于地痞很晚才回家，周围昏暗，而司机更是直接将车子开到门口，因此地痞在进入住宅时没留意到天台处搭了一个板子也很正常。

搭建完毕后，凶手就在真正的天台处等候，同伙则在地面等待通知。

听到地痞上楼的脚步声，凶手跑向天台的正前方，将绑在竹子上的两根绳子扔下楼。同伙见状，利用车子立刻拉动竹子，顺势牵扯板子。

地痞踏上板子那一刻，可能会察觉到异常，例如栏杆不见了，高度和以往也有差别，或者脚踏地面的感觉不一样了，板子也可能发生摇晃……但无论如何，地痞踏上板子那一刻，便注定不可逃脱死亡的命运。

板子没了支撑，向前方倾倒，撞在栏杆上，地痞随着重力滚下，就此摔死。板子最终掉落到尸体后侧的空地上，留下撞击的痕迹。

至此，凶手成功报复，但他们并没料到当天地痞的鞋子上沾了泥巴，导致巡捕房发现了矛盾点。

而根据线索可知，霍森最终却只是锁定到唯一的凶手身上！那么当时在霍森看来唯一能完成这起案件的人，就只有能取得关键道具——规格错误的楼梯——的人，而这个人显然就是负责帮忙打造住宅的木工。

这个人是谁呢？

答案在"马歇尔案"的线索中，其中曾提到过**阿桂就是1922年帮地痞头目打造住宅的木工。**

因此可以确定，霍森当时锁定的凶手就是阿桂。他犯过多起命案，与步间风也过不去。他的动机就是报复步间风，杀死运送鸦片的头目，以此来给对方添麻烦。巡捕之后也搜寻过阿桂的下落，但这种人常年行踪成谜，难以抓捕……

以上就是霍森当时推断的"真相"。

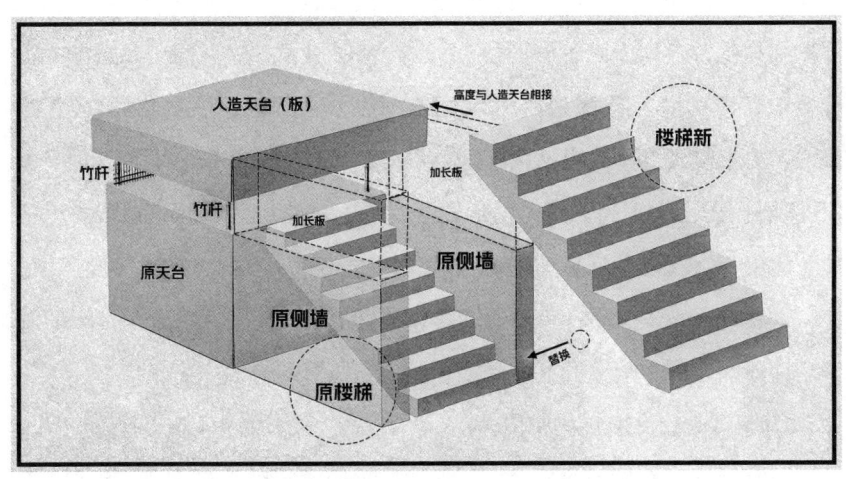

## 三、孙玲与江平的往事

（玩家在游玩该环节时，可以搭配由马斯桦、冯丹创作的纯音乐《西西里舞曲（大提琴曲）》。）

胡弦与他们到底是什么关系？孙玲与青帮到底有什么仇怨？两者之间到底发生了怎样的矛盾，以致孙玲宁愿选择动不动就会家暴的马歇尔，也要和江平分手？他们之间真的相爱吗？1935年江平又是怎么牵扯到步间风的鸦片案中呢？

你的心中冒出一系列的疑问，而紧接着迸出的想法更令你脊背发凉——

等等！霍森当时的推断真的就是真相吗？你隐隐觉得作案手法存在许多漏洞……首先第一点，头目是一个身强体胖的人，在向下滑落的过程中同时也会有一个向下的力压着板子，那么这个过程中板子很有可能会先从中间断成两半，头目只会掉到天台上面，这是一个风险吧？如果凶手不能排除这个可能存在的风险，那么最终招惹到青帮，丢掉性命的只会是他自己，得不偿失；其次，竹子的高度是1.7米，而假楼梯除了规格之外，其他都与真楼梯一模一样。认真想想，一段只是上一层天台的楼梯再怎么样阶梯数都不会很多吧？假设是20个阶梯，换算下来，假楼梯的每个阶梯要比真楼梯高8.5厘米，实际上这个感觉对于一直住在自己家的头目来说，哪怕喝到微醺也应该会感到异常吧；另外，人在家里给自己弄一个20级的台阶上去天台，这不是自找苦吃吗？认真细想，这个手法太过于理想化了吧！所以真相真的如此吗？

你发现在底下又是一沓厚厚的资料，这似乎就是关于孙玲与江平的故事。你随即翻开，但愿在这些文字中能找到所有的答案……

（阅读《人物往事》中的"孙玲江平的往事：往日情怀"。）

了解了这对夫妻的故事之后，你才知道霍森当时的推理全是错误的！

江平、孙玲他们只是得到了一位"贵人"的帮助，这误导了霍森。当时霍森还是一个毛头小子，不小心做出错误的推断也是很正常的事（毕竟霍森在自己的推理逻辑中，甚至都没有发现凶手存在同伙——有如此明显的纰漏，可见当时的霍森水平还很有限）。然而命运无常，阴差阳错，恰恰就因为这件事让他一举成了"东方福尔摩斯"……

呵呵，你不禁摇头苦笑。

而关于江平在 1935 年惨死的事情，在太爷爷的私人日记里也有记载。

（阅读《太爷爷的私人日记 04》。）

读完之后，你突然回忆起前文留下的一个疑惑——

在孙玲的故事中，她将自己那刻有一只独特燕子纹饰的碧绿色手镯送给了吴灯倩。而在李莽的第一份回忆"匕首"中，雇他去杀步间风的那个人手上正戴着这样一只手镯，而且还是从 1926 年开始就戴着的！

也就是说，**当时雇李莽去杀人的就是吴灯倩！**

你继续挖掘盒子里剩下的内容。正好，下一份资料就是关于吴灯倩的。

故事视角又回到了 1937 年 2 月 12 日的大宅中……

## VI. 吴灯倩与吴随影的往事

### 一、1932 年火灾中的无名女尸（建议时长：40 分钟内）

正好当时卢在石率领的巡捕房也通过自己的方式调查到委托李莽杀人的正是吴灯倩。

卢在石气恼道："原来是吴灯倩雇李莽去杀人的! 堂堂大明星，背地里竟然干出这样的事情。可以，我立马就派手下把她抓来!"

然而过了好一阵子，手下气喘吁吁地回来，表示根本没找到吴灯倩的身影。

卢在石非常诧异:"我的手下是全上海最得力的巡捕,要找一个人,就算她钻到老鼠洞里,都可以挖出来!更何况堂堂一个电影明星,怎么可能找半天都找不到?"

"已经动员了成百上千的人手,找遍了整个上海滩都没发现。"

卢在石:"继续找!别在这里傻愣着!"

就在这时,管家顾利力表示有信息要分享,与吴灯倩信息息相关……

(请先阅读《线索册》中"步间风对1932年2月7日的调查",再继续浏览以下内容。)

巡捕:"卢探长,难道吴灯倩的事情和这具被烧焦的无名女尸有关系?"

卢在石愠怒:"你在说什么蠢话!女尸出现那天,吴灯倩还在白渡桥演讲呢!"

"那这具女尸到底是谁啊……"

"这是你要解决的问题,别来烦我!"

巡捕悻悻退下。

终于开始探索吴灯倩的故事了,你的内心涌起一阵激动。然而摆在你面前的问题却并非那么容易解决——

女尸是谁?吴灯倩在哪儿?为何巡捕找不到?关于这几个问题,太爷爷当然也留下了一些线索分享给你。

(阅读《线索册》中的"第五轮线索(1)""第五轮线索(2)",以及请再次代入到侦探李菲的视角中,阅读"李菲的回忆"。)

玩家注意! 本轮解谜是全游戏唯一的**故事还原**部分,考虑到类型与体验,决定**本轮不会通过逻辑推理进行真相复盘**,只会提出十个明显需要玩家解决的问题。请玩家尽可能还原出吴灯倩的人生经历,在字里行间找出隐藏在她身上的真相。当玩家确定还原结束,直接阅读"吴灯倩的往事:神女"即可!

问题如下:

① 吴灯倩为何有几年时间突然销声匿迹了？

② 后来吴灯倩为何又突然复出了？

③ 吴灯倩惹来的争议是什么？

④ 吓到李菲的人是谁？

⑤ 李菲为何能逃出贫民窟？

⑥ 罗思思的父母为什么争吵？

⑦ 1932 年 2 月 6 日，去找吴灯倩的都有谁？为何去找？

⑧ 女尸是谁？

⑨ 女尸因何而死？谋杀？自杀？意外？

⑩ 若非意外事故，那么动机是什么？

（确定还原结束后，再看下文！）

## 二、吴灯倩的往事

（强烈建议玩家在游玩该环节时，搭配专辑『車輪の国、向日葵の少女 ORIGINAL SOUND TRACK』中的纯音乐 *reason to be* Ⅰ。）

你认为自己算是将吴灯倩的人生故事大致还原出来了。按照太爷爷的习惯，他应该也同样会将吴灯倩的"往事"整理成一份"小说"放在对应案件的线索的下方……你伸手。果不其然。

你怀着沉重的心情，轻轻地翻开，开始了解 90 年前这位传奇女星的一切。

（阅读《人物往事》中的"吴灯倩的往事：神女"。）

## 三、吴随影的往事

（强烈建议玩家在游玩该环节时，搭配专辑『車輪の国、向日葵の少女 ORIGINAL SOUND TRACK』中的纯音乐 *reason to be* Ⅱ。）

请接着上文，继续阅读《人物往事》中的"吴随影的往事：名字"！请确保阅读完毕之后，再浏览下文——

# VII．彩蛋

## 一、卢在石的往事

　　似乎所有人的故事你都已经了解了，可是留下这一切的人——你的太爷爷——却仍然让你印象模糊。这些陌生人的故事到底与太爷爷有何关系？他又为何在1937年离开大宅之后要杀死马歇尔呢？

　　你深信真相一定没那么简单，毕竟父亲在临死前还特地嘱咐你一定要回老家探寻秘密。

　　你已经做好准备，迎接最终的解谜环节，却发现盒子里寥寥无几的文件里已经没有所谓的"线索"了。目前摆在最上方的一份，标题是"正义的怪物"，开篇的主角却是卢在石。

　　看来已经不需要再动脑推理了吧，你顺势翻开了"卢在石的往事"……

　　（阅读《人物往事》中的"正义的怪物"。）

## 二、家族精神

　　探索到这里，你也猜出为何父亲临死前要嘱咐你回老家挖掘太爷爷留下来的秘密了。

　　家族世代流传下来的精神，大概就是坚持着**向死而生**的信念吧。太爷爷综合了许多与家族没有关系的人的故事，他被这些故事打动了，于是选择记录下来。在这些故事里，每一副血肉之躯都在用尽全力生活，不断辩证思考，并勇敢地做出抉择。而时代的困境、与生活的斗争又何止于民国呢？可哪怕斗争不止、哪怕人无法选择身处什么时代、哪怕大环境不如人意、哪怕世事无常、命运不公，导致你失去了最亲爱的家人，但你依旧能活在当下，在废墟中盖起属于自己的精神城堡。你的父亲知道自己即将撒手人寰，不得不抛下你一个人，所以用尽最后一丝力气借家族的盒子告诉你，要允许一切发生，**认清生活的残酷，然后热爱它**，继续走下去。

但，只是这样而已吗？

不……不，还没完！

## 三、太爷爷的往事

你继续翻盒子，可你再不愿相信，也不得不接受盒子已经见底的事实。

是的，太爷爷留下的盒子里记录了一堆人的往事，唯独——

**缺少了他自己的往事。**

你答应父亲哪怕独自一人也会努力生活下去，但他大概没料到你会发现被遮掩在字里行间的可怖事实——不，也许连他自己也根本没有推理出真相。

**太爷爷他……害死了很多人。**

为什么？为什么？为了结果正义，真的能做出如此大的牺牲吗？

逼迫自己一辈子行走在黑暗中，这就是太爷爷所谓的"正义观"吗？

内心的种种质问只能堵在喉中，无法再寻找答案。而现在身边也已经无人可倾诉了。无奈之下，你将所有资料按照原样收回盒子中，重新封存起来。

不——你想了想，还是决定将太爷爷的秘密彻底烧毁。

望着盒子在大火中逐渐变成灰烬，你握紧拳头，咬紧牙关。从今以后，你会用自己的生命重新树立一个光辉的榜样。

眼前的火熄灭了，但你内心的火焰才刚刚燃起。

## 四、作者后记

阅读完上述内容之后,作者路过小卢对你说道:

"感谢您愿意体验这个'故事'。虽然说故事已经彻底结束了,但关键的文件还有一份——喂,别这样嘛,你那情不自禁露出的疲态是怎么回事?这份不是太爷爷留下的,是我自己写的。给点面子,把它读完吧!当然,我相信你哪怕不给面子,也一定会读的,**毕竟你也很好奇,'你'的太爷爷究竟是谁吧?**"

(阅读《人物往事》中剩余的所有内容。)

至此,游戏流程彻底结束。

# 无碑者手记

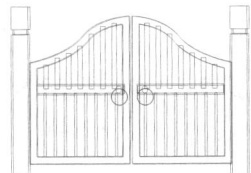

# 线索册

# 马歇尔案

1937年6月24日晚18点，马歇尔收到一封信（后经调查得知，信件以马歇尔的犯罪证据作为威胁，要求他在25日的0点到达废弃钟楼的顶层房间），神色顿时变得凝重。

当晚23点30分，马歇尔要求保镖开车载他去跑马厅附近的一栋废弃钟楼。

到达废弃钟楼的南入口刚好是25日的0点。马歇尔命令保镖在原地守候，若有什么不对劲再冲进去。

自1937年2月12日青帮老大步ी风突然死亡之后，整个上海滩势力格局顿时风云变幻，原本高高在上的马歇尔探长如今已是过街老鼠。哪怕上海拥有被称为"东方福尔摩斯"的神探霍森，也无法改变这种情况。25日0点，跑马厅附近已是空无一人。

全副武装、手握枪械、高度警惕的马歇尔谨慎地走进废弃钟楼。

保镖一直在轿车内等到凌晨4点50分，这期间无任何走神，可以证明无任何人从南入口进出过钟楼，楼上也无任何动静传出来。

然而紧接着，他就看到**马歇尔的头颅从天而降，垂直掉到了眼前的地面上**（位置几乎就在大钟的正下方）！

保镖下车，发现马歇尔的嘴里被塞满了纸条。

后来被问到为何等待了足足四个多小时都不觉得奇怪时，保镖表示，过去马歇尔也有过和人交流大半天的情况。刚与马歇尔合作时，曾因不耐烦或过度关心而打扰了马歇尔与其他人的秘密会谈，被马歇尔狠狠地训了一通，从那之后保镖就按规矩办事，马歇尔说怎么做，他就怎么做。

保镖并不关心纸条，他马上反应过来，跑进了钟楼。

由于钟楼空荡荡的，所以保镖搜查得非常迅速，且能保证搜查过程中没有发现任何人，**不存在"犯人躲在保镖已搜查过的区域"这种可能性**。

北边出入口面向的是一条笔直的大马路，马路上荒无人烟，一览无遗。保镖可以确定，从头颅坠地，到他搜索完毕跑到北口，都没有发现任何人逃走的身影。

**但经过多次测试证明，即便从扔下头颅那刻立刻从北边逃跑，在笔直的马路上跑得再快都不可能逃过保镖的眼睛。**

马歇尔死在顶层的房间外，倒在门口走廊上，那没有了头颅的身躯仰面朝天、脚朝房内，血染了一地（详情可参见"案发现场图"）。

房间的门打开着，里面除了天花板上有一盏吊灯，空无一物。

随后，钟楼外突然车水马龙起来，一堆媒体记者都拥到了钟楼底下，车灯肆无忌惮地照射着马歇尔那孤零零的头颅。

原来，各大报纸在凌晨5点收到了无法追踪身份的匿名电话，得知马歇尔在废弃钟楼被害，便立刻赶来，随后发现了被塞在马歇尔口中的纸条。纸条上有凭有据地控诉了马歇尔在职期间与步间风做过的各种丧尽天良的事情，其中就包括1935年害死江王令的"鸦片走私案"。

马歇尔的养子，同时也是其最得力的手下**卢在石**在24日晚23点参加一场晚会。隔天凌晨3点，晚会结束。5点15分，卢在石在家里接到巡捕房的紧急通告，得知马歇尔遇害，便立刻赶到现场。

由卢在石率领的巡捕房锁定了三位在当时从动机层面最有可能杀害马歇尔的人——

第一位是来自青帮敌对势力的**阿桂**，他以前是木工厂工人，在1922年为负责帮助步家走私毒品的地痞头目打造过一间住宅，但由于做工出错，遭到对方教训。阿桂辞职，从此加入了其他势力，与步间风势不两立。他是多起帮派火拼命案的凶手，常年被通缉，还曾扬言要杀死步间风与马歇尔。其人行踪多年来不被警方掌握，直至今年年初终于被抓获。阿桂一直在牢里，却又在6月23日逃狱，不知所终。

第二位是马歇尔的情妇**阿红**，她爱上了另一个男人，却因马歇尔的威胁而无法脱身。在6月24日晚20点到23点都没有不在场证明，然而她从23点起，直到第二天凌晨5点都被证明在夜总会中。

第三位是华界警方高官**雷云**，他早就想将法国人赶出警署，赶出中国。他在6月24日晚20点到第二天凌晨4点都没有不在场证明。而他在凌晨4点之后一直在办公室里加班，这一时段有很多人可以为他证明。

案发第二天，巡捕房与报社都收到了一张纸条，上面写着："我将马歇尔的头颅扔在跑马厅地面，是为了以牙还牙，祭奠曾经在这里被砍下头颅的'十一路'。大家应该不知道他是谁，但没有关系，只要记住这是一场为'正义'正名的仪式即可！"

然而半个月过去，巡捕房对真凶身份仍然毫无头绪，办理此案的卢在石便打算草草结案。而以"失败"为人津津乐道的上海滩"滑稽侦探"胡弦则主动对报社记者说，巡捕锁定的嫌疑人应该都不是凶手，真凶另有其人。可这位滑稽侦探在探案生涯里从未成功推理出案件的真相，凡是被他指认为罪犯的人最后都被证明是清白的，所以大众这次也都只当他在哗众取宠罢了，根本没当回事儿。

后来"七七事变"爆发，社会动荡，世人也就逐渐遗忘了这一起案件……

# 补充线索

1. 废弃钟楼空无一物，只剩房间。房内窗户皆被拆除，且当晚周遭寂静，**但凡有任何冲突，钟楼外的人都会注意到**。

2. 马歇尔的死亡时间在 **25 日 0 点到 2 点之间**。根据脖子的切口判断，头颅是被利刃砍断的，角度自上而下、略微倾斜，速度极快、力度极大。

3. 马歇尔身材高大，穿着防护装备，**但无任何搏斗痕迹**，也未被下药。

4. 保镖没有任何嫌疑，证言完全可信。

5. 凌晨 5 点 27 分左右，钟楼外的记者们突然发现有一条断掉的绳子莫名从空中掉了下来。**绳子的两端各被绕成一个圈，断掉的那端圈很小，而另一端的圈则比较大**。

6. 房间的窗口外有屋檐，可以站人。案发房间的高度与钟所处的位置持平，因此若有人站在屋檐，当钟的分针与时针在"3"至"6"之间时，是可以够得到针尖的。

7. 钟的分针不是缓缓移动，**而是当一分钟过了之后便立刻跳动到下一分钟的位置**。分针与时针挨得很近，**且都很锋利**。

8. 房门是往内、往左侧打开的。把手上有一个按钮，只要按一下，人无须用力门便会自动打开。外把手比较新，而**内把手的中心轴上有明显被用力挤压与摩擦过的痕迹**。

9. 附近的人表示，6 月 22 日曾注意到房间里摆有古怪的东西。他记得当时有一个**非常重的沙袋**摆在房门的东南侧。**地上有被改造过的弩箭，箭尖连着利刃（呈"T"形，横着的那端便是利刃），一捆尼龙绳，以及两架三角梯**。两架梯子的高度有明显差距。这些东西现在都不见了。

10. 房间天花板的中间有一盏大型吊灯，与天花板的连接杆（面向窗口的一侧）上有**很深的摩擦痕迹**。
11. 凶手必定是这份资料中有特定称呼的人（此条线索是太爷爷在后来的记录中额外补充的）。

### 案发现场图

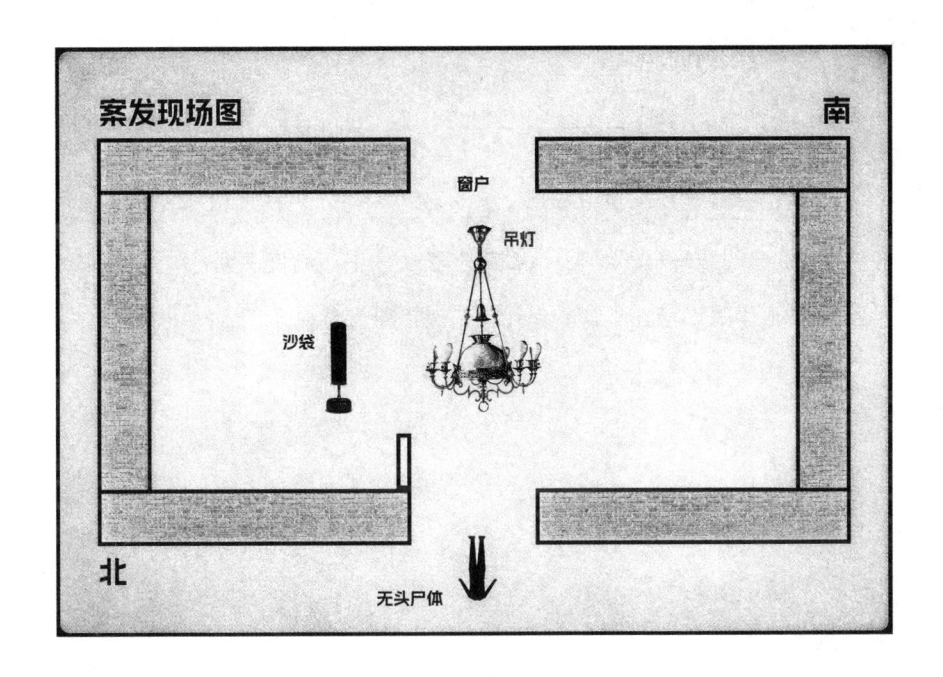

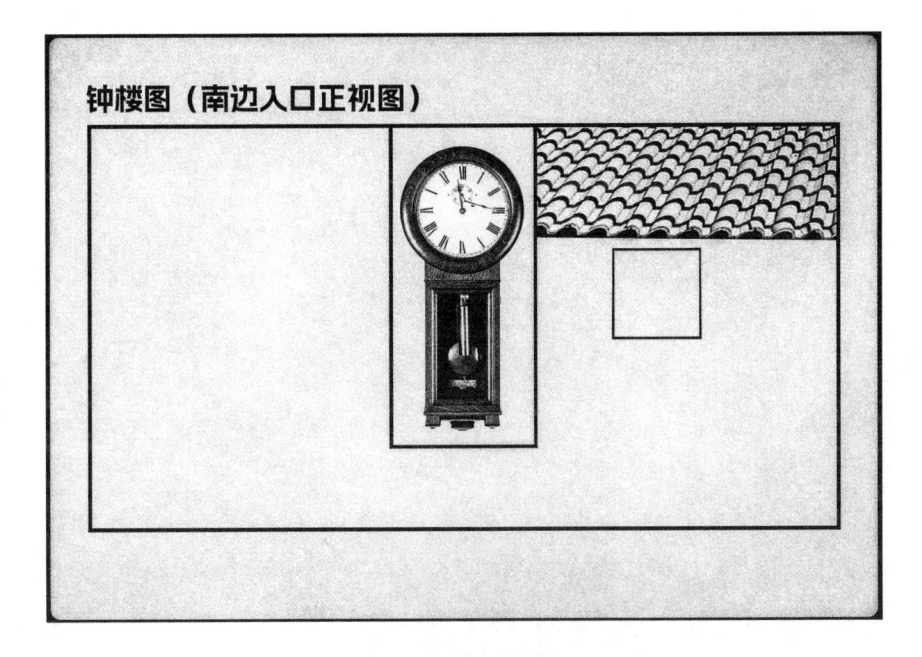

南

窗户

吊灯

沙袋

北

无头尸体

### 钟楼图（南边入口正视图）

（请继续翻页）

## 问题

一、凶手是如何消失得无影无踪的？

二、凶手杀死马歇尔后，为何隔那么久才把头颅扔下来？

三、凶手是如何在不惊动保镖的情况下杀死马歇尔的？

四、凶手是谁？

未到下一轮，请勿翻开下一页

## 胡弦的感想

关于发生在 1937 年 6 月 25 日的马歇尔被害案，胡弦没有亲自前往实地勘察，只是从报纸上了解到相关信息。仅此而已，就足以令他认定那三位嫌疑人都并非凶手，杀害马歇尔的应是卢在石无疑，而之后卢在石迅速而草率地结案，使这个推理有了更多的依据。

胡弦当然知道很多人说他故弄玄虚，哗众取宠，而胡弦只是耸耸肩，认为世人皆醉他独醒。世人笑胡弦装模作样，胡弦笑他们不懂追名逐利！胡弦清楚自己的形象就是"失败侦探"，他也是靠着这个才闻名上海滩的。要是这次出风头抢了其他侦探的饭碗，那属实不太厚道，还会坏了自己的形象，以后可就难造势了。

所以对胡弦来说，推导出"凶手为卢在石"的逻辑其实再浅显不过，可惜就算知晓真相，他也无法与卢在石硬碰，再考虑到需要维持自身形象，只能保持沉默，将凶手的身份埋藏心底。

未到下一轮,请勿翻开下一页

# 第一轮线索

1. 尸体没有被移动过。

2. 死者体内有"睡猪牌"**特制安眠药成分**,经检测,此安眠药粉末**最快发作时间是服用后六十分钟,最迟九十分钟**便可使人完全沉睡。

3. 可确定下安眠药者目的就是杀人。

4. **毒针**二十秒内即可发作,外表看不出来。若不检查只会认为死者是陷入熟睡当中。**毒针可被所有人偷取。**

5. 死者生前有锁门的习惯,**当晚回房后就立刻锁上了房门**,亦即入睡前现场便已经是一个密室。钥匙有被复刻的可能性,但经核实,复刻只有住在大宅内的人能办到。

6. 伊伊在**当晚 7 点 15 分**时便已回客人房休息。

7. 管家顾利力表示,**当晚 7 点 45 分**上天台只是为了抽卷烟,并称抽烟时没有看到绳子。

8. 女佣艾文表示,她不知道主人这么早入睡,所以在**当晚 8 点整**时上过二楼,打算问问步间风隔日的饭菜事宜,但敲了几次门,里面**无人回应**,便离开了。

9. 霍森早上喊人时,其所在窗户正上方的天台栏杆处,**有一圈被摩擦过的痕迹**,可确定该痕迹是在步间风回房后才留下的。

10. 胡弦发现的那种易燃麻绳,若长度可从天台垂至步间风房间,则麻绳两分钟即可烧尽。可确定涉案的绳子只有一条。

11. 伊伊当晚所在的客人房常年不开窗,窗户边缘有大量灰尘,如今灰尘痕迹无异样。

12. 经巡捕房调查证实,管家顾利力与女佣艾文不存在雇佣关系之外的可能。

13. 六位受委托人与宅内成员不可能合作。
14. 二楼的北方没有房间，从一楼到二楼的楼梯与二楼到天台的楼梯都是统一结构，是非常窄的，并不很宽，而且两个楼梯的方位必定是正对着的。
15. 李菲印象中的霍森、鲁冰、胡弦、罗思思、黄雪唯都是神探，李菲对他们的认知印象都是真实的。

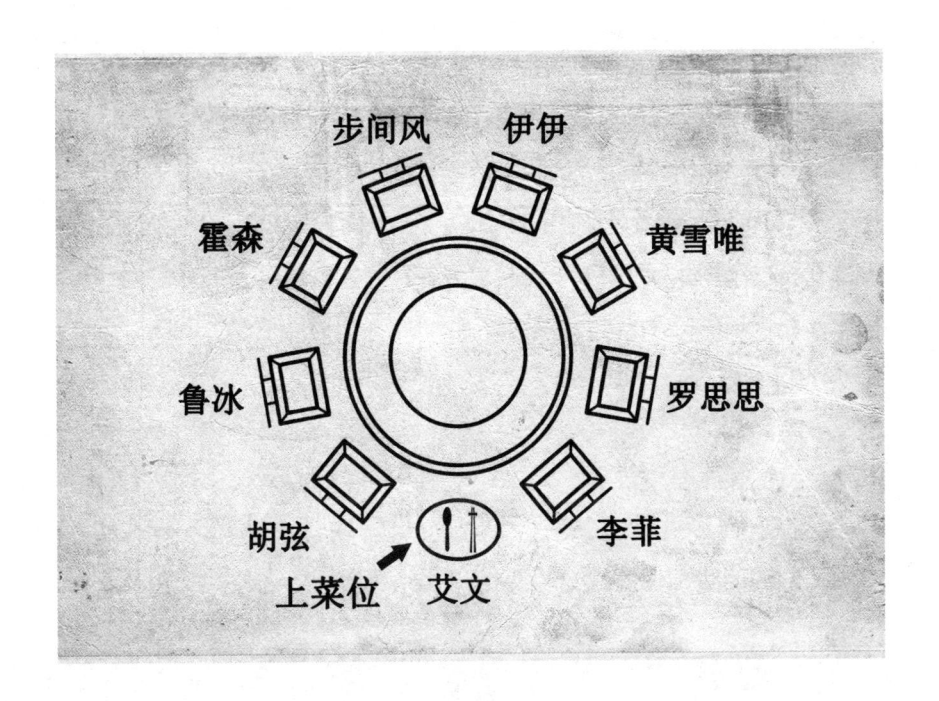

## 晚宴座次图

**（请继续翻页）**

# 1937年大宅案件行动线总结

## 人物监视位置

**罗思思：** 在大宅外的西北方守卫。先从西方开始，每两个小时转到另一方位。

**胡弦：** 在大宅外的东南方守卫。先从东方开始，每两个小时转到另一方位。

**李菲：** 在一楼的西南方角落。

**霍森：** 在一楼的东北方角落。

**鲁冰：** 在二楼的东南方角落。

**黄雪唯：** 在二楼的西北方角落。

（太爷爷附文表示：当时六位受委托人在获得了"第一轮线索"之后，聚集在一起，按照罗思思、胡弦、霍森、李菲、黄雪唯、鲁冰的先后顺序分享了各自的信息。）

## 罗思思

接下来的一整晚都没有任何动静，也没有任何变化。罗思思顿感无趣，一个青帮老大的委托，竟然比自己家隔壁老奶奶找孙儿还要乏味！

## 胡弦

刚到7点58分，无聊的胡弦正与一只小鸟玩耍，小鸟飞向南方。胡弦突然心生一股倔强，非得抓住这小鸟不可，便违反指示，悄悄奔向了南方，保持着仰视的姿态寻找小鸟的踪影，但第一眼却发现**一根麻绳从天台的栏杆垂下，长度刚好到打开着的窗户位置。**

这是啥玩意儿？胡弦近视，看不太清楚具体情形，而且他的心思全在小鸟身上，对绳子毫不在意，仅仅瞥了一眼便移开了视线。但小鸟也完全消失无踪了。胡弦便又兜回东方……

**8点05分**，胡弦为了消化晚餐，于是揉着圆润的大肚子，再次走向南方，却发现绳子消失了，四周都不见其踪影。这时胡弦的颈部锻炼轮到低头的姿势，竟发现**地面有些灰烬**。

这又是啥玩意儿？胡弦还是没有在意，便又兜回了东方……

在此之后，一整晚都没有任何动静，也没有任何变化。

## 霍森

**7点45分**，管家走出房间，手里拿着烟，上了楼梯。他的皮鞋踏在阶梯上的声音尤其响亮，但其他人的鞋子踏在楼梯上则动静较小，有可能不被注意到。

**7点57分**，管家下楼，浑身烟味，回到房间。

**8点整**，女佣从自己的房间出来，上了楼梯。

**过了一会儿**，女佣下楼，回到自己的房间。

接下来的一整晚，再没有人上下过楼梯。

次日早上8点整，管家再度上楼找步间风。按照他的话，步间风一般习惯在7点起床吃早饭，而今天直到现在仍然没有任何动静，他觉得十分可疑。霍森连同管家赶上二楼，与黄雪唯、鲁冰会合，在步间风的房门前一敲再敲，里头却没有半点动静。管家顿感不妙，连忙用钥匙打开了房门，**只见步间风安详地仰躺在床上，如果不细看，只会以为他仍在熟睡当中，**

真不会察觉他已经离世……

管家立刻打开所有房门，检查了所有方位，皆无可疑人员。

霍森朝着房内，连忙冲到窗前，推开从没有安锁的窗户，将外头的人都喊了过来。

## 黄雪唯

7点12分，黄雪唯亲眼看着步间风回房，然后根据要求守候在二楼的西北方角落。

7点45分，管家上楼。他的皮鞋踏在楼梯上的声音尤其响亮，但其他人的鞋子踏上楼梯则有可能不被察觉。而二楼地面铺着地毯，他上到二楼后行走就没有发出声音了。

他往西方(亦即黄雪唯所在的方向)走去，看到黄雪唯后，微微点头致意。他绕过柱子转向南方，直行，然后再转向东方，消失了踪影。不一会儿，黄雪唯听到了管家的皮鞋踏上天台阶梯的声音，声音往天台方向渐渐远去。

7点57分，管家的皮鞋声从天台阶梯方向传来，显然是在下楼，声音消失后不一会儿，管家的身影出现在西南方，他按照原路缓步返回，下了一楼。经过黄雪唯身边时，黄雪唯闻到了一阵烟味。

8点整，女佣上了楼梯，往东方走去，绕过柱子后转向南方，直行。

一分钟后，女佣快步原路下楼。

## 鲁冰

7点12分，鲁冰亲眼看着步间风回房。

7点45分，管家出现在西南方转角处，向通往天台的楼梯走去。

7点57分，管家走下天台楼梯，原路返回。一阵烟味飘过。

8点整，女佣出现在东北方转角处，朝步间风房间走来。她在步间风房门前敲门，表示要询问隔天的饭菜安排，但里头一直没有给予回应。女佣只能站在门口等候。

一分钟后，女佣得不到步间风的回应，以为对方已经睡着，便快步原路返回。

**未到下一轮，请勿翻开下一页**

# 1935年的秘密

## 嫌疑人时间线

1. "步间云"（现已确认，他是真正的步间风）早上9点吃完早饭之后，便回房了。

2. 女佣艾文因清洁问题，上楼找"步间云"。当时，"步间云"问了是谁，得知是艾文后便打开了门。艾文站在门口，与"步间云"对话。不久后，艾文结束谈话。艾文离开时，"步间云"还拿着一封英文信件，询问单词的意思，但艾文不懂英文。

3. 紧接着，伊伊进入"步间云"所在的房间，两人开始亲热。9点50分，伊伊离开大宅，外出至黄浦江边办事（得到多人证明）。

4. 9点50分至10点15分，艾文说："在伊伊离开后，我就在二楼进行清洁工作，全程没看见任何人上二楼来。李约到来时，我刚结束了清洁工作。"合伙人李约来找"步间云"谈生意，两人早已约好见面。李约敲门，"步间云"确定来人身份后便开了门。当时，"步间云"的脸上仍贴着假的大黑痣（**此条证词中涉及"步间云"的真正身份信息，皆为李约被捕后在巡捕房才招供的，一直只有巡捕知道，但当时无人相信**）。

5. 10点35分，李约离开大宅，同时伊伊从外面回来。此后，伊伊、顾利力与艾文三人都待在一楼，能互相做证。

6. 当天中午12点30分，女佣艾文前去告知"步间云"午饭已经准备好了，却得不到回应。艾文觉得奇怪，便喊来顾利力用钥匙打开房门，却发现"步间云"已经躺在地板上，中毒身亡。

# 第二轮线索

1. 毒被下在了步间风的杯子里，杯子摆放在房间内。毒药发作时间最快在服用后的 20 分钟，最慢 40 分钟。
2. 死者有强迫症，必须保持杯子空空，**里面若有水就会马上喝掉**。
3. 艾文不被允许进入步间风的房间，她从头到尾都不知道毒药的存在。
4. 当时演员用来贴在脸上的假黑痣非常逼真，随时可以贴上和除下。但使用次数多了或时间长了，就容易脱落与失真。**若无必要，步间风不会轻易贴上或除下黑痣**。
5. 伊伊曾对步间风强调，自己非常不喜欢脸上长有黑痣的男人。所以步间风虽然没有黑痣，**但在伊伊面前时，也总会刻意让自己的脸上干净些**。
6. 案发当天，酒只存在于地牢里，未曾被带进过大宅。
7. 步间风允许伊伊和顾利力去喝地牢里的酒，但伊伊和顾利力无此习惯。
8. 大家都知道，艾文有非常大的酒瘾，会趁主人不在时喝酒。但女佣在工作期间不能喝酒，艾文为了生计，绝对不能失去这份工作！
9. 案发当天，**艾文身上有一股酒气，酒气很浓必定是上午染上的**。管家与伊伊面对巡捕竟也在强调非常信任艾文的忠诚，表示虽然在一楼没有留意女佣的动静，可也认为她当时就是在二楼勤劳工作，至于酒气可能是不小心沾上的。
10. 步间云对伊伊的态度很温柔，没有暴力行为，**吃饭的时候先夹菜给伊伊**。
11. 艾文经常能见到伊伊与顾利力进行私密谈话，曾听到**顾利力称伊**

伊为"妹妹"。

12. 可确定大宅内的人从始至终都不清楚鲁冰的真面目，不清楚鲁冰的一切信息。

13. 案发当天，步间云在众目睽睽之下刚回到上海，可确定他是没有任何犯罪嫌疑的。

# 1935 年鲁冰的推理

当时巡捕房录完众人的口供，正想通过解剖进一步检查的时候，却收到了来自"侠盗"鲁冰的一封信。原来，他正好在附近"工作"，得知步宅发生如此大事，便通过某种手段，暗中了解到巡捕房已调查到的一切信息（鲁冰总有这般伎俩）。了解之后，一向喜欢显示自己存在感的鲁冰迅速留下了一封信，表示推理如下——

伊伊、顾利力与步间云无冤无仇，他们根本不可能行凶。即便有行凶的动机，且已行凶，那么下毒时间最晚只能是在 9 点 50 分。根据毒性，步间风最晚会在 10 点 30 分死亡。而李约便是清白的，10 点 35 分离开的他不可能没有发现步间风死亡。

但李约没有发现步间云死亡，因此伊伊与顾利力无论从动机与物证上，都是没有嫌疑的。而艾文根本不可能拿到毒药，一是她无法在步间云面前进入室内，二是她没有钥匙偷偷进去，三是毒药在三天前才带回来，她甚至可能也不知道毒药的存在。

同时，伊伊与顾利力的证词，也肯定了艾文证词的可信度，便可确认在艾文清洁的时间段内，没有任何人进入过房间。

而李约离开后直至发现死者，宅内三人都能互相证明未曾上过二楼。

最后，便只剩下李约有下毒的时机。李约作为频繁联系的合伙人，是有可能知道道毒药的情况的。虽然不清楚他的动机是什么，但物证便已经证明他是凶手。

…………

鲁冰始终没有出面，只是神秘地留下了以上的推理，迅速并顺利解决了案件，之后便不知所终。而大宅里的众人，也都表示根本不清楚鲁冰的真面目，不知道鲁冰的个人信息。要不是鲁冰留下了信件，他们都不知道鲁冰当时就在附近。

　　虽然鲁冰是巡捕房的敌人，但偶尔也会帮巡捕房解决悬案。按照鲁冰的个性，如果断错案，他一定会及时翻案，且经调查大宅内的人确实也都不认识鲁冰，因此信件让巡捕房深信不疑。李约被捕之后，巡捕房将"步间云"的尸体留给刚回国的哥哥"步间风"处理，便直接结案了。

**未到下一轮，请勿翻开下一页**

# "海陆空"之水中消失

1929年4月1日——当卢探长提到这个日子,霍森一下子想起了关于吴灯倩的那件事。

吴灯倩的父亲在3月28日突然失踪。

3月30日,吴灯倩收到一个青年送来的丰盛肉片。他自称在菜市场工作,说这些是吴灯倩的父亲在外打工赚钱为家里买的牛肉,托青年送过来。

3月31日,青年再度前来,说步间风约了她在4月1日下午见面,并说如果想知道她父亲的消息,最好答应。

4月1日,吴灯倩去找步间风,后者问她是否在寻找父亲。吴灯倩反问对方为何知道,而步间风只是狡黠地笑了笑,对吴灯倩说了一句意味深长的话:

"令尊已经回去了,你现在可以回家瞧一瞧他最后的模样。"

步间风的态度与语气令吴灯倩感觉不妙,便迅速坐人力车回了家。

吴灯倩虽然是电影明星,然而最近不知为何,似乎被有意打压,实力出众却资源渐少。而她的家境更是惨淡,据说家里人原本带着她来上海谋生,来到后不久家里却被洗劫一空……最终只能住在药水弄的棚户区。

吴灯倩家的棚户分为主卧与厨房两个空间,里外皆由草棚来分隔、围挡。同时,洗澡的空间也在厨房内,一个长方形的大浴盆横放在厨房,靠近北边的草棚。

到家之后,吴灯倩看到厨房的空间被一堆拒马(可理解为现代的"路障")挡住了去路。拒马被人用一根非常长的麻绳连接起来,绳子最终连到了拒马北侧的木制浴盆上,在浴盆周身绕了一圈,绳头固定在浴盆的把手处。

吴灯倩的父亲是一位木工，他平时会为军队做拒马赚钱。为了帮家人离开药水弄棚户区，他即使回到家中也会继续干活。所以家中的厨房里摆放着许多拒马，当然其中也有绳子。

由于绳子连着木盆，吴灯倩没有足够的力气移动拒马，只能透过拒马之间的空隙张望，她似乎看到父亲漂浮在浴盆内的水面上，水面上还被洒了一堆玫瑰花瓣，主要集中在头部以下的区域。吴灯倩平常会用玫瑰花瓣泡澡。

望着水面上那一动不动的手脚、那再熟悉不过却早已没有任何光亮的眼睛、无意识张开的嘴巴、朝上的面庞……吴灯倩再不愿相信，也不得不接受父亲已经死亡的现实。

吴灯倩想找剪刀剪开绳子，却发现**剪刀不见了。她只能外出找邻居帮忙**。然而邻居们都被她的样子吓到，没人敢接近她。就在吴灯倩跑出门之后二十秒左右，吴灯倩听到家里传出一阵嘈杂声，那是**草棚被移动的声音**。吴灯倩迅速跑回厨房，**只见挨着浴盆的草棚开了一个口子，那个口子通往后头的小路**，小路边是苏州河。**草棚的口子不大不小，目测一次性仅够一个成年人通过。**

吴灯倩不知道是什么人割开了草棚。最重要的是，在自己出去的这一分钟，这个人是如何做到如此迅速割开草棚的？这根本不可能！吴灯倩小时候也因调皮试图割开草棚，要割开如此大的一个口子，至少也需要五分钟。

当吴灯倩的注意力移回浴盆里时，她无比震惊地发现——**父亲的尸体已经不见了！**

浴盆里只剩玫瑰花瓣在漂浮。而浴盆旁的地板上，也掉落着几枚沾有水滴的玫瑰花瓣。

这时吴灯倩才发现，主卧竖立的小镜子不知为何也被移动到了拒马的北侧，位于浴盆右下角正上方的架子处，高度接近1.9米。镜子被卡在两个架子之间，呈由上往下的照射角度，且面向厨房左下角（呈现效果类似现代生活中驾车时用到的"道路转弯镜"）。

后来吴灯倩回忆，镜子原本放在主卧，按道理一进门就应该发现它的反光，可那天并没有这样的印象，所以镜子其实并非吴灯倩二度回来前才被摆放在那里的，而是第一次回来时就已经存在了。**只不过第一次吴灯倩由于发现父亲尸体过于震惊，才没有注意到镜子。**

吴灯倩往镜子看去，镜子里呈现的正是浴盆里的情景，相当于从高处俯视浴盆内。

周围的邻居皆是贫苦穷人，他们本来就嫉妒吴灯倩的美貌与所处的阶级，平日总是嚼舌根诋毁她，而现在对于她的遭遇也只是漠视与讥笑，没有人相信她说的离奇事，皆倾向于认为只因她悲痛于父亲的死而发了疯。

吴灯倩只能独自跑到巡捕房来求助……

巡捕房派人跟随吴灯倩前往她家。霍森好奇，欲跟随，但不知为何巡捕房的人竟然找尽借口让霍森回避，表示他们自己就能处理好此事。

从前巡捕房恨不得让霍森帮他们处理所有案件，此时却如此反常，真是奇怪。

此后，霍森再也没收到关于吴灯倩案件的任何后续消息。

# "水中消失"线索

1. 1929年初，吴灯倩被步间风强势要求包养。她一再强烈拒绝，不容尊严受任何人践踏，这令步间风感到蒙受了极大的侮辱。步间风因爱生恨，决定通过某种手段对其进行报复。于是，他重金委托某位手下去执行计划。

2. 步间风的手下有非常独特的杀人风格：**习惯用利刃直接从后颈刺穿喉咙**，杀害对方后将其分尸，将四肢与躯干大卸八块，最终只留下能辨认身份的头颅。**此风格只有青帮内部知道。**

3. 从步间风的大宅到吴灯倩所住的药水弄，**坐人力车时长大概20分钟**。

4. 吴灯倩还想起来，在厨房里断断续续听到了诡异的笛子声，声音似乎来自浴盆……

5. 吴灯倩住的棚户区后方，靠近苏州河的小路上，原本闲置了一辆带有帘布遮挡的人力车，但在4月1日傍晚，人力车却不见了。

6. 据马歇尔透露，4月1日下午2点左右，他在巡捕房外头抽烟。李约拉着人力车来到跟前，大汗淋漓、遮遮掩掩，马歇尔猜测李约正在拉野鸡车……他考虑到李约一直以来都言听计从，于是选择帮李约稍作掩饰。

7. 据管家顾利力透露，4月1日晚8点半左右，李约来到步宅求见步间风，语气急切。不清楚二人具体聊了些什么，但见李约对步间风又是跪拜又是磕头，毫无尊严，可怜至极……

**（请继续翻页）**

# 吴灯倩家平面图

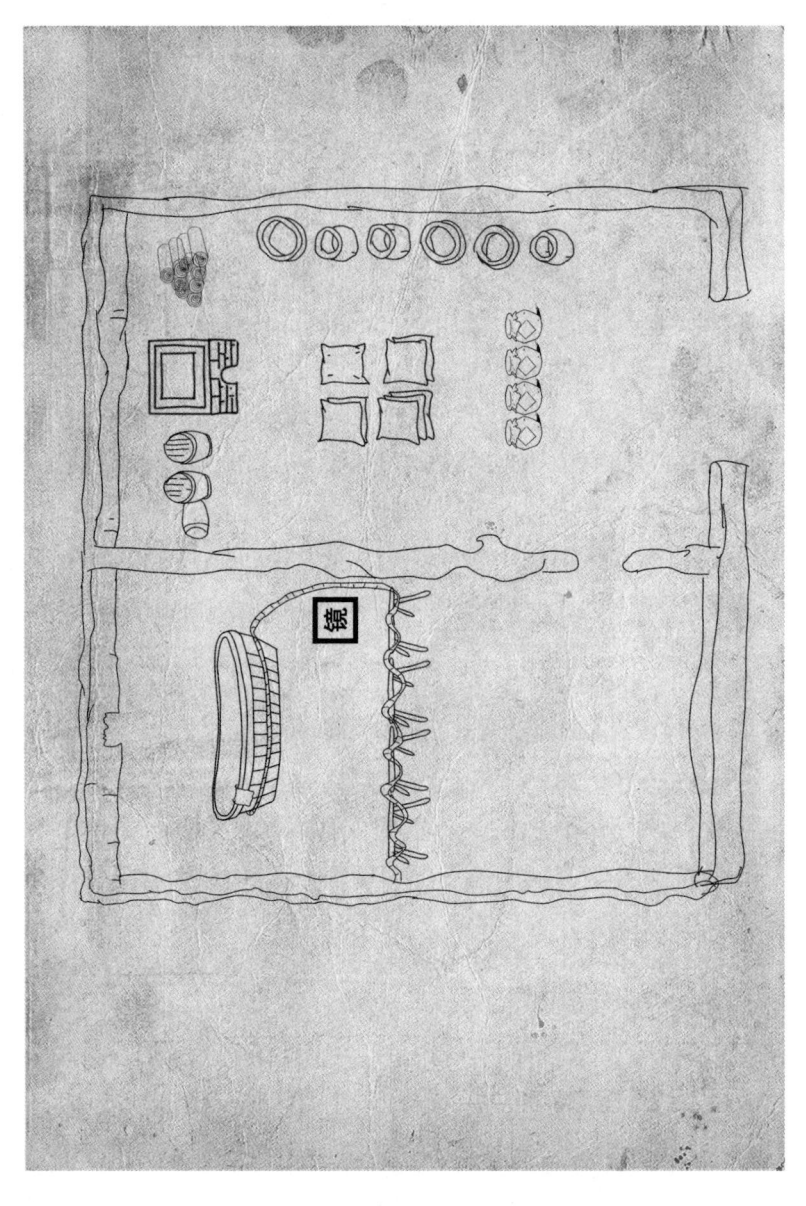

# 问题

一、孙平为何没有搭乘人力车？

二、吴灯倩的父亲当时是死是活？

三、是谁制造了密室？

四、密室的形成手法是怎样的？

五、制造密室的动机是什么？

**未到下一轮，请勿翻开下一页**

# "海陆空"之不可能坠楼

1922年8月1日,在上海郊外的一栋四方形的独立住宅里,发现了一个地痞头目的尸体。

案发的住宅有两层,另外还有一个天台。住宅在荒无人烟的郊外,附近皆是树木。

在当时,地痞头目是步间风的属下,**负责鸦片走私业务的联络与运输**。头目是独自一人居住,每天习惯一早外出,接近凌晨才乘坐专用轿车**直接回到住宅门口**。

小头目酗酒,习惯每天回到家后从二楼拿酒喝到微醺之后,再步上天台靠着栏杆喝到不省人事。

天台只有面向南方——门口——的方向设有栏杆。**栏杆与建筑的边缘有20厘米的距离**,即栏杆的位置并非天台的最边缘,而是在最边缘处靠内20厘米处。

由于是在郊外,所以住宅附近不但没人,就连环境也比较黑暗,除了室内有照明工具外,附近罕有灯光,尤其是从外面抬头观看天台,更是漆黑一片。

当天晚上,地痞头目照常回到住宅。

第二天一早,司机开车去接,结果却发现大门前的空地上躺着头目的尸体。

他面朝下躺在大宅门口,地上流了一大摊血,混着酒水,边上是摔碎了的酒瓶。司机迅速报警,巡捕来到后确定是因为酗酒导致脚步不稳,靠在栏杆上没控制好重心,因此从天台上摔落而亡。

由于没有明显的谋杀特征,加之头目是一个高大威猛、自幼习武的男人,身上又没有搏斗痕迹,体内也没有任何安眠药成分,因此虽有疑点仍未能得到解释，巡捕房仍想以"意外"来结案。

可步间风大发雷霆，根本不接受这样的结论，命令巡捕房追查到底！

卢在石当时还不是探长，他在随案调查的过程中认为事件并不简单，随后打听到霞飞路一带有一户人家突然悄悄地搬了家，不知去向。那家人是一对尚未结婚的情侣，男的叫江平，女的叫孙玲。在不久之前，孙玲因得罪了青帮，导致父母被地痞头目用水果刀挑断了手筋、腿筋，抛尸街头。

如此一来，孙玲与江平就有充分的作案动机。同时，卢在石发现在头目死亡之前的两周，江平反常地频繁与认识的两个朋友（**其中一个是胡弦**）接触。

另外，卢在石还调查到地痞头目的住宅在建造时，其中**有一样特别沉重、体积较大的家具已经完成，材质、颜色等全都正确，却唯独做错了规格大小，整体偏离了原定的要求**，这让头目十分火大。工厂连夜打造出规格正确的家具，这才平息了头目的怒火。

后来，那个做错规格的家具就一直被放在工厂的杂物间内，而当卢在石让老板领自己去查看时，却发现那东西已经不见了。他的调查最终停留在这一步……

幸好，此案不知为何引起了霍森的关注。他那时尚未被冠上"东方福尔摩斯"的名头，但已崭露头角，常为巡捕们排忧解难。他很快排除了"意外"的可能性，为此案梳理了脉络，阐释了疑点，还原了行凶过程，并且给出了凶手身份的判断依据——**在霍森看来，要完成这个犯罪手法，此人就必须参与其中**。

霍森的推理令人信服，巡捕们豁然开朗，平息了步间风的怒火。

只是很可惜，**霍森指认的那个凶手不知去向了**，巡捕房根本查不到此人的踪迹。

由于无法抓获那个凶手，案子始终没有一个结尾，渐渐便未再泛起任何波澜。时过境迁，步间风也懒得深究此事。而霍森则因这起案子增涨了社会声望，荣获了"东方福尔摩斯"的称号；卢在石后来在1927年上海公安局正式建立后顺利就任探长。

# 第四轮线索

1. 地痞头目从小习武、身强体胖，正常状态下，四五个成年人赤手空拳都不是他的对手。

2. 住宅的一、二楼摔不死人，只有天台的高度才可以。若有足够高的梯子，在外可爬上天台潜入住宅内。

3. 当天小头目的鞋子因工作关系意外沾有泥巴，后来巡捕在一楼到二楼的木制阶梯上（**阶梯为独立设计的家具**）发现了鞋子的泥印；然而从二楼到天台的阶梯上（**两个阶梯是彼此独立的个体**），包括天台表面，都没有泥印。

4. 司机说，当晚送头目回到住宅时，注意到住宅不远处停着一辆搬运货物的汽车。

5. 住宅后方的空地上摆放着一堆竹子，是头目平常攒下来的。竹子坚硬且有一定高度，在这堆竹子里，有四捆用麻绳缠在一起的竹子，长度1.7米，可以稳固地立于地面，并**支撑物体**。根据打结习惯判断，并非头目所为。

6. 天台没有灯和门，而在栏杆的上侧表面有摩擦痕迹，包括尸体所在位置的后方地面也有撞击痕迹，巡捕房推测是被硬实板子之类的东西撞击划过而留下的。

（请继续翻页）

## 天台平面示意图

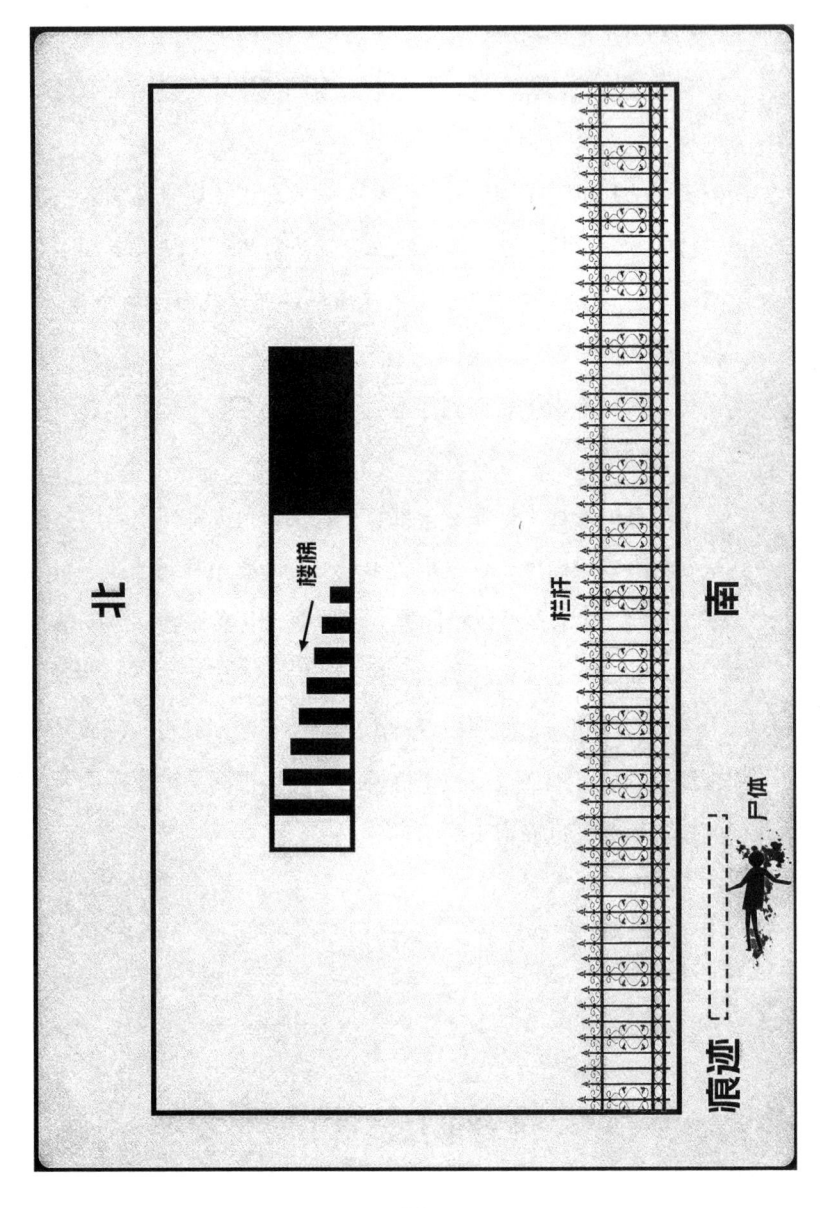

未到下一轮，请勿翻开下一页

# 步间风对1932年2月7日的调查

## 管家顾利力的透露

我记得1932年2月6日那天，临近中午，步间风去巡捕房办完事儿，我正载他回去，经过附近——就是后来发现无名女尸的地方——那儿有很多拉野鸡车的男人聚集在一起吃午饭。步间风突然喊"停车"，随即表情阴险地说临时想起来有一件事要去处理，本来不想办的，但此刻改主意了。说罢，他就下了车。大概过了一个多小时他才回来，左嘴角始终勾起，维持着得意的笑容。这我可太熟悉了，每当他用狡猾的伎俩心狠手辣地报复完死对头后，都会露出这样的表情……

1932年2月7日发生了一场火灾，吴灯倩的住宅附近发现了一具无名女尸。之后很长一段时间内，步间风一直在暗中派人调查相关信息。他好像特别在意些什么。

1932年4月某天，他在自己房间里仰天大笑，喃喃道：

"哈哈哈，原来如此，原来真相是这样！吴灯倩啊吴灯倩，你终究还是逃不出我的掌控。如果1929年你不那么倔强，如今也不至于如此……好啊，好啊！你骗过了所有观众，但你可永远骗不了我。"

从此，步间风再没关心过吴灯倩。但在1934年，吴灯倩又再度找上门来，好像是因为拍电影的事情。这时两人之间的相处已经不再那么紧张，反倒还达成了合作关系。

这对于会记仇的步间风来说可真是太奇怪了，更何况对方还是曾经冒犯过他的吴灯倩，所以我对此百思不得其解……

未到下一轮，请勿翻开下一页

# 第五轮线索（1）

1. 邻居的目击证词：1932年2月6日，早上9点，有一个车夫去找吴灯倩。<u>逗留了近两个小时</u>，车夫独自离开，非常怪异。

   中午12点，又有一人进入吴灯倩家，邻居没看清楚脸。待了大概一小时。

   下午4点，罗思思蹦蹦跳跳地进了吴灯倩家，她经常来，邻居轻易能认出她。

   下午4点10分至4点30分，由于邻居有事，所以没有进行观察。

   下午4点35分，罗思思父母到了吴灯倩家。两人来得匆忙，神色慌张；又过了半小时，罗思思单独离去，情绪似乎崩溃了。

2. 直到晚上11点，才再度传来动静，邻居隐约听到几个人鬼鬼祟祟的脚步声，<u>看到三个人拉着一辆盖着白布的手推车往外走</u>，在后来发生火灾的地方埋了什么。其中两人是罗思思的父母，另外一人将身子包裹得很严实，不过看身段也只能是吴灯倩了。

3. 邻居好奇心重，趁机溜进吴灯倩屋里探了探，<u>没发现任何人</u>。桌子上有个开了盖的安眠药瓶子，里面空无一物，旁边是一个吃完没清洗的盛粥的碗（后确认粥里有安眠药成分）。粥是吴灯倩母亲在2月6日早上7点留下的，就一碗的分量而已。留下粥后，吴灯倩的母亲便出门了，到半夜才回来，可确定她对当天发生的事毫不知情。

4. 私人医生透露，自从1929年那件惨案发生后，吴灯倩一直有失眠的问题，需要长期服用安眠药。她的安眠药放在隐秘处，一般只有晚上服用时才拿出来。而2月4日吴灯倩刚开了二十天的药量。

5. 屋里有一个安装在高处的储物架，其中一个格子放着很多重要信件，最上面那封信的封口处沾着一些粥水，是写自2月3日的信件，内容大致如下："灯倩，你最近的努力我都看在眼里，辛苦你了。你那不息的斗志一直令我钦佩，但我们毕竟势单力薄，很难产生实际的力量，只怕到头来不过是喊喊口号，难尽人意。正如我一直对你说的，要抛弃幻想才能实现理想。灯倩，步家的步间风可以支援我们的活动，让一切都落到实处，发挥出最大的力量。只需你向他请求，于公于私他都必会应允，双方各取所需。等救国有了实绩，上海民生、军政得到了改善，再除去步家也为时未晚。灯倩，你于此事之艰难，是小我之艰难，应舍小我而取大我，事有轻重，尽快想通，殷盼佳讯。"

6. 当时压在其下方的是一封奇特的信，与大量纸币捆在一起，吴灯倩打算隔天<u>寄给巡捕房</u>。

7. 吴灯倩在白渡桥演讲当时，她家附近发生了火灾。一具被烧得黑漆漆的女尸被人从土里挖出，但巡捕确定不是被烧死的。火灾发生后两天，吴灯倩家突然人去楼空。

**（请继续翻页）**

# 第五轮线索（2）

1. 当铺老板透露：我这儿有一张大明星吴灯倩小时候和父母拍的照片。好多年前，有个男人过来押了一堆珠宝，其中就包含这张照片，结果马上就被抓了，原来他是贼，东西是从1909年在黄浦江上被洗劫的外地船只中得来的。那会儿吴灯倩都还没出道，要到1926年才红起来。

2. 罗思思的记忆：1926年那会儿，妈妈把一个落魄的女生带回家，和爸爸密谈着什么。依稀记得，妈妈说女生是外地人，来到上海之后就一直住在贫民窟里，十分可怜。

3. 报纸记载：1928年，吴灯倩个人接受采访时，坚决表示拒绝洋人的合作请求，虽然中国电影业正遭受前所未有的挑战，但她和公司一定会解决问题，渡过难关。大家都清楚，吴灯倩身为罗氏影业演员代表，她的对外表态显示的无疑正是罗家，甚至整个电影业的态度。她的言论一出，引得观众群情激昂。

4. 罗思思的记忆：1928年，在家里经常听到父母争吵，爸爸说吴灯倩是一个充满心机的婊子，竟然敢利用自己的话语影响力去绑架罗家，简直是造反！而妈妈显然完全不同意爸爸的说法，总是激烈地反驳。每次吵到最后，都只会以爸爸的一句"别忘了生死大权在谁手上"作为结束语。

5. 一位支持左翼电影的爱好者在1929年表示：只有吴灯倩真正做到了"一言既出，驷马难追"，我欣赏她的骨气，哪怕她突然就销声匿迹了。但罗家真是出尔反尔，为了赚钱脸都不要了，我最看不起这种软骨头！

6. 罗思思的记忆：1930年，我又见到了吴灯倩。她在销声匿迹的两年里从没踏进过我们家门……这次过来，是因为我妈妈找到了**一个两全其美的办法**。哪怕吴灯倩不乐意，但刚经历过她父亲的事，又为了赚钱照顾母亲，她也不得不选择妥协。从此，我们家的经济开始复苏，父母也不怎么吵架了。

7. 一位支持左翼电影的爱好者在 1931 年表示：本来吴灯倩复出，我还挺高兴的。**她疯了一样拍戏，一年拍好几部，可结果呢？你看她都拍了些什么东西！虽然有些我还是很喜欢，但其他那些呢？**她还记得自己之前说过的话吗？真是两面三刀！

8. 1932 年 1 月 28 日，日本侵略闸北，战争造成严重的经济损失，《女神》电影票房惨淡。2 月 3 日，吴灯倩突然宣布息影，投身于救国运动，游走于大街小巷，不停地宣讲与派发传单。

9. 青帮的人透露：1932 年 2 月初，吴灯倩给步间风写过信，但不知何事，只知道步间风回信让吴灯倩 2 月 6 日待在家里等他。但转头步间风就自言自语道："呵，戏子也配让我亲自过去？看老子怎么戏耍你，你就该后悔当年没有跟老子了！"

10. 一名百姓表示：大家都在夸那个吴灯倩，但我是真讨厌她。整天拍那些给洋鬼子看的电影，出演侮辱中国人的角色；每天都把脸化得像洋鬼子一样，就别来呼吁什么爱国，她有那资格吗？真丢脸！

人发狠。

当他坦白之后,李莽才知道他们曾经竟然是恋人关系……

自15岁起就不再与哥哥共情的弟弟,此刻心里涌起对哥哥的歉意。

对不起,对不起,对不起……李莽在心里不断地道歉。可嘴巴已经太久没有对哥哥表达过情感,更别说是歉意,所以李莽的一切话语只能如鲠堵喉,随着唾沫咽回腹中。

哥哥握紧拳头,青筋暴突。李莽以为哥哥会揍自己,可他并没有下手,只是习惯性地拿起他平时爱吹的那只笛子,穿起衣服飞奔出门。他的竖笛使用已久,已经断了一截(小孔排列的那段,而非呼吸口),长度比原来短。

关系再差,身体里始终流着相同的血。李莽马上就明白哥哥要去干什么,立刻大声喝止:

"你去有什么用?如果你现在去捣乱,吴灯倩回去什么都没看到,她一定会返回步间风那里从而了解到一切,然后你还得罪了步间风,他可能转头还会来搞你!"

李约顿时停下脚步,但他只是转过半张脸对着弟弟,什么也没说。转回头的那一瞬间,李莽从李约的眼神里看到了怜惜与挣扎。他突然明白,即使发生这样的事情,李约始终是在怜惜弟弟,而将一切的怒恨都留给了自己。他的内心经历着车裂般的拉扯,同时在拉扯中挣扎。他是在和过去的自己、和自己的天性斗争。斗争的结果,就是毅然地奔去了那里。哪怕有极高的风险,他也要奋力一搏,就这么一次……

李莽无力地跌坐在地上,失声痛哭。这不是他想看到的结果。他只不过是想赚更多的钱,让家人过上好日子,又为何会造成如今这种局面?

妈妈从饭桌旁一瘸一拐地走了过来,她已经病得神志不清,不清楚兄弟俩之间发生了什么事。但妈妈知道哥哥摔下饭碗跑了出去,也知道弟弟在哭,她发出嘶哑但温柔的声音对李莽说道:"弟弟啊,又被哥哥欺负了吗……吃饭,吃完饭再玩,好不好?"

# 李莽的回忆 02

时间回到 1929 年。

李莽的哥哥李约依然在干着拉人力车的活儿。此时正值巡捕查处野鸡车的时候。巡捕偏重对公共人力车的检查，而对私人包车不甚在意。**所以拉野鸡车的车夫为了躲避巡捕，就会想方设法装作自己是私人包车。** 而李约受雇于马歇尔探长，根本不用担心这个问题。更何况，像他这样的"老实人"自然也不会瞒着马歇尔探长去赚外快。

而李莽则加入了步间风的青帮，成为他手下万千混子中的一个。

李莽厌恶青帮地痞，他们也曾压榨过他的家庭。可换个角度想，自己从步间风的手中赚回本应属于自己父母的钱财，或许才是最好的报复之道。更何况，除了为青帮做事，李莽这种半吊子已经找不到什么能养活家庭的活计了。

当然，李莽的选择还夹杂着一丝刻意反抗哥哥的意味。李莽就是想要证明哥哥是一个彻彻底底的失败者。

**3 月 28 日**，李莽得知步间风重金雇人去办一件事。李莽向来见钱眼开，多么危险的事都在所不惜，便果断接下了步间风的委托。

**4 月 1 日，李莽顺利完成了步间风的委托**，从他那里得到了非常丰厚的奖赏，心想这下可以回家孝敬家人了。然而李莽的钱财来源遭到了哥哥的质疑，在哥哥的威逼之下，李莽坦然说出了真相。

"步间风等下就会把吴灯倩喊过去，**告诉她一部分事实，然后等她回到家——**"说到这里，李莽被哥哥的神色吓得哑口无言。

哥哥面如死灰，这么多年来他第一次对弟弟露出了憎恨的眼神，李莽完全无法理解他为何偏偏这次情绪如此激动，更无法理解他为何只会对家车门，示意李莽坐进去。

车子开到一座以红色为基调的中式大宅前，李莽在带领下一路走进了一个小房间。

李莽注意到对方的手腕上戴着那刻有独特燕子纹饰的碧绿色镯子。他认得出，自从1926年起此人便一直佩戴这只手镯。不过如今面对面一看，他才发现这只镯子并不合手腕的大小，反而显得是一个负担。

对方递来一把红色匕首，上面雕有歪曲的龙纹，一摸便知是粗制滥造、廉价至极的玩意儿。李莽没在市面上见过这种破烂货，猜想大概是对方自制的吧，倒是挺独特的。

"我知道你只认钱，无论做什么事，都是为了钱。"

李莽不禁嗤笑了一声："若不是迫不得已，谁会只认钱呢？"

"所以，我需要你去帮我做一件事，事成之后自然会有钱给你。"

"想尽一切办法，用我给你的这把刀，杀死步间风。"

"这把刀？……不像你的风格。"

"这是'十一路'的刀，一个和你一样的小混混儿。他死的时候我把刀捡了回来。其实这刀没什么，只是如果用它去杀掉步间风，那会有一种特别的仪式感。我这人很注重仪式感。"

"你确定要杀了他吗？"

"我非常确定，他害死了我最重要的人。"

李莽很干脆就答应了，其实他内心知道无法拒绝此人的任何要求。

"我会替你去搞个身份进入步家。你只要记住——杀死他！"

# 李莽的回忆 01

## 匕首

那是去年的事情。

1936年，社会在经历一波混乱之后很快便重新振作，经济发展恢复如初，甚至比之前更好。不久前，鲁迅先生病逝的消息传遍大街小巷，众人扼腕叹息，但那对李莽而言又有何意义？

李莽曾进过牢房，后来莫名其妙地被吴灯倩保释了——他至今仍未弄明白为何四年前她会保释自己。按道理来说，她不应该做这种事……但这已经不重要了，总而言之，出狱后的生活并不比在狱中更舒适，李莽好不容易在战争中苟活下来，却因无一技之长而只能四处游荡。他也不可能再回步间风的青帮当混子了，现在只能在四川北路、北苏州路口的邮政总局大楼附近，终日忙碌于无任何意义的零工，为生计而奔波。

有一位路人靠近了李莽的地摊。听到那缓缓靠近的脚步声，李莽靠过去混迹社会积累的经验察觉到此人绝非穷苦人。只要能卖出两双草鞋，李莽今天就能填饱肚子。或许稍微价高一点，卖一双也成……但敏捷的脑筋转念一想，若非等闲之辈，又为何会看上由李莽那粗糙之手编织的草鞋呢？

正当他意欲抬头望向来人时，耳朵却先认出了说话人的声音。

"你，是李莽吗？"

"你，难道是……"

对方的回答肯定了李莽的猜测。

"我有事要麻烦你去做，但在这里不太方便，你随我来吧。"

李莽不明所以，而对方留下这句话后便自顾自走向搭乘的车子，打开

# 胡弦的回忆

  1922年初,学业之余,胡弦开始去木厂当学徒,想着将来做一名木工或许也不错。

  过了半年,有一个地痞头目委托木厂帮忙打造新住宅,胡弦不愿意为青帮做事便回绝了。后来他的一名同事接手了该项目,这个同事比较怪,经常独来独往,不善言辞,接委托时也不挑人。

  6月24日,那是足以震惊胡弦一辈子的一天,在他的好朋友孙玲身上发生了惨绝人寰的事情。

  绝不能就此罢休。一定要帮她报仇!胡弦在心里如此想。

  在一位"贵人"的帮助下,计划成功了,胡弦暗自庆幸。

  而朋友孙玲与江平在地痞头目死亡后便匆匆忙忙搬了家。只可惜当时情况太乱,胡弦与他们之间甚至留错了联系方式,导致胡弦最终并不知道他们去了哪里。

  而离开的也不只是他们两人,帮地痞头目打造住宅的那名同事也突然辞职,远走高飞。

  1923年,胡弦也离开了木厂,从此没有再接触过相关的工作了……

谋杀也成了毫无意义的多余戏码，既可笑又可怜。

  当然，我到底还是要被缉拿归案的，只是无论那些巡捕如何拷问，我都绝对不会将动机说出去。我根本信不过他们，他们和青帮是一伙的，**所以才有了那颠倒黑白的新闻报道！**

  现在，他们问我什么"勒索信"，我完全不知道这件事。这难道是他们新想到的嫁祸伎俩吗？不过无所谓了，我早已服从命运的安排。

## 艾文心声

"我知道当时你在地牢里喝酒,因为我也在那儿注意到了你。我是考虑到你的未来,才没有当着其他巡捕的面把你供出去。如果你现在不想被步先生解雇的话,就好好用心工作,对步宅忠心……"

我还记得,两年前那件案子结束之后,姓顾的管家反复向我强调这件事,不但没有解雇我,甚至还帮我向巡捕撒谎——当时我已经觉得很反常,但迫于他的精神打压,还是傻乎乎地相信了,也不敢继续追问。

今天我才知道他就是两年前案件的凶手,当时他说那番话只是为了把我控制在步宅里,防止我到外头乱说。当然,最重要的还是通过这样的威胁,他可以反过来给自己做不在场证明,让我对他当时在地牢里说的借口深信不疑。

其实,这些都与我无关,管家是否是杀人凶手我完全不在乎。

我只想接近步间风,寻找能为"1935年鸦片走私案"平反的证据。然而两年过去,一切都早已灰飞烟灭,我便打消了这个念头,转而想办法杀掉步间风,以此祭奠我心里的那个男人。

我没想到今天来的都是侦探,原以为有很多人在场就可以减轻我的嫌疑了。当我成功将针头扎进那个男人的脖子时,心中的尘埃也已落定,紧绷了两年的心脏总算得到放松。随即,一阵虚无向我袭来,我的四肢也随之软化。我的人生已经没有任何意义了,如果身体倒下就能融成一摊水,漫开,继而挥发,那该有多好啊!

我恨这愿望无法达成,所以才让我得知了我杀死的男人并非步间风!

步间风早在两年前就已经身亡了……这事实多么荒谬,与那所谓的"鸦片走私案"一样,全是上天不经意的捉弄,却摧毁了我们的一生,令我的

# 大宅平面图二

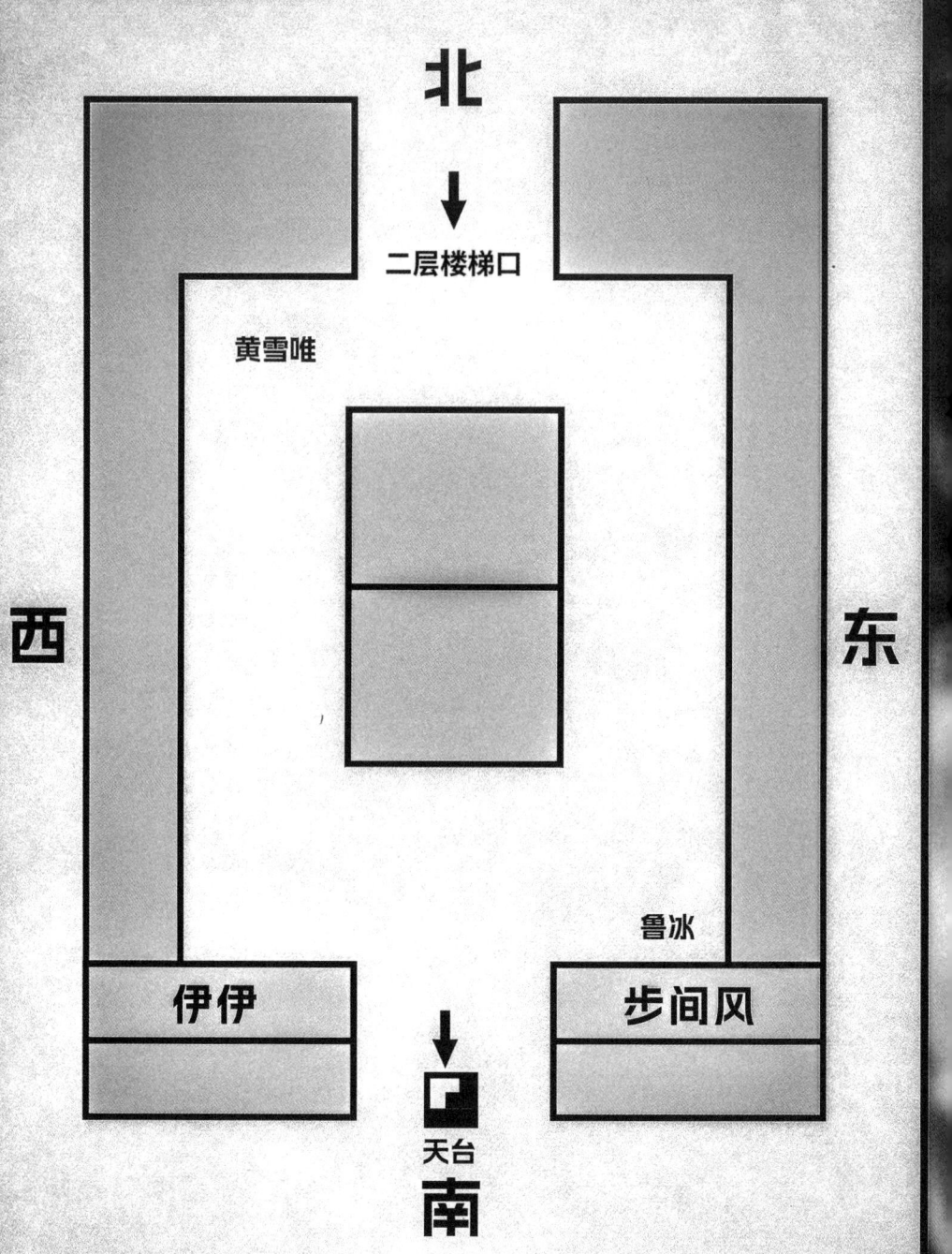

**北**

↓

二层楼梯口

黄雪唯

**西** **东**

鲁冰

伊伊　　　步间风

↓

天台

**南**

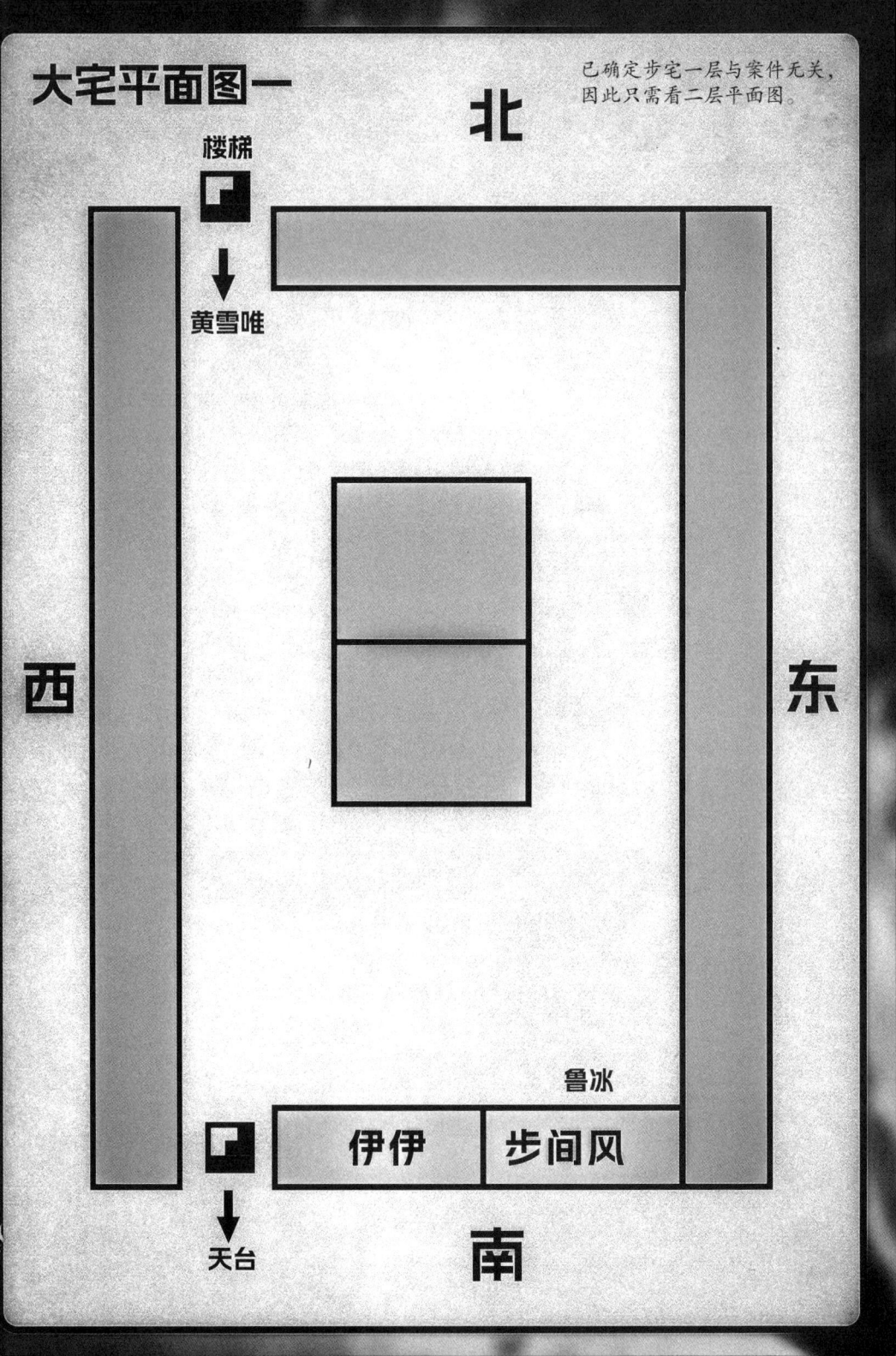

# 大宅平面图一

已确定步宅一层与案件无关，因此只需看二层平面图。

北

楼梯 → 黄雪唯

西　东

鲁冰

伊伊　步间风

→ 天台

南

马歇尔案手法图

南
北

窗户
吊灯
沙袋
无头尸体

# 马厩示案手法图

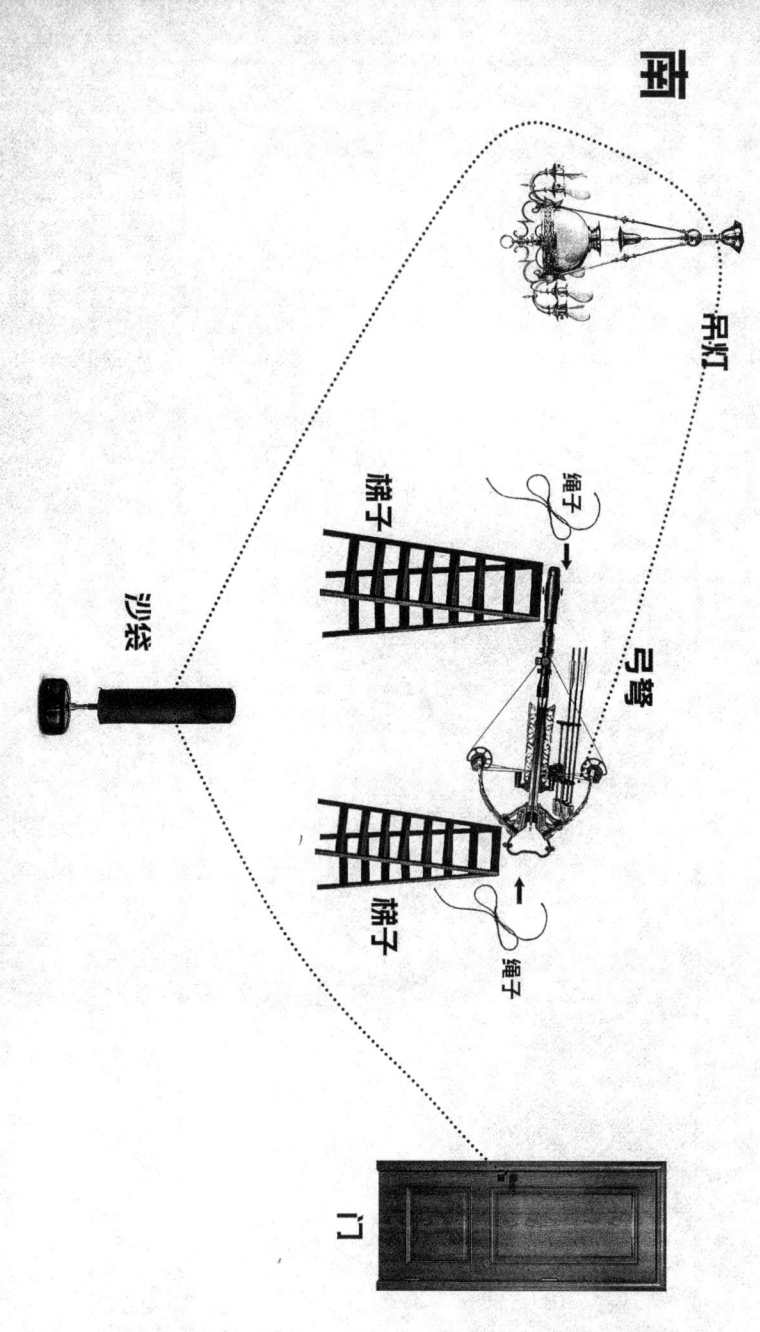

南

吊灯

绳子

梯子

弓弩

梯子

绳子

沙袋

门

北

# 太爷爷的私人日记04

我当然知道江王令是被冤枉的，他不是什么重要人物，从长远的眼光来看，历史上不会有任何关于江王令的记载，可步间风倒是可能关系着国家的生死和百姓的存亡，他的存在维持着当下上海的平衡，他暂时还不能倒下。

所以江王令必须是"走私犯"。

清白很重要吗？此时此刻此地不重要，我倘若是那个必须蒙受冤屈的人，必然义不容辞。

想来，历史上也不会留下关于我的记录，但只要能得到好结果，人、命、名就都只是砝码，用尽一切手段为天平的托盘增加分量，让其确定无疑地倾向"美好的世界"的这一端。

正如我所学、养父所说，好的结果永远优于正确的过程，需要牺牲他人的、不可见光的、黑暗的、污秽的、一切卑劣的手段，在我们这里都是可以的、应该使用的——但哪怕社会最终有了最美好的结果，我们也不该以此为罪恶的过程开脱，反而应接受最大的惩罚。

养父向我强调，我们既是黑暗的英雄，也是光明的恶魔，为了社会的福祉，我们需要亲手种下更多的罪孽。到头来，我和他都必须付出这一生的一切与下一世、再下一世、永世的一切，去赎罪。

世界不是非黑即白，牺牲在所难免，历史终将会见证这真理。

# 太爷爷的私人日记 03

我对吴灯倩有一份私人的好感，并非什么男女情爱，但也没有多么高尚可贵，只是在一点私人的意外交际中，她暖心的话语令我甚是感动。

可惜她成了盲目的信徒，被情绪鼓动。她的笃信让我动容，也使我有些愁苦。无疑，灯倩是一位拥有领袖潜力的女子，但她内心脆弱柔软，经不住生活的波折，总有一天她会被人亲手摔碎。

养父从不打我，倒是喜欢说教，他的第一课就是要我分清"手段"与"目的"的区别。他要我思考如何得到房檐上的瓦，我给出了不少答案，诸如木梯、人梯、长棍、攀爬等。他确实都给予认可，并为其一一分类：利用工具、人力、自身，皆算手段。

"但不够。"他当时是这样对我说的，让我思考一晚再回答。第二天，他看着我怯生生的眼神点了点头，说道："你不敢说出来，但你想到了，这很好，是的，还可以——毁了它。"

把房子拆掉也能得到砖瓦。"砖瓦"是目的，手段在结果面前不拘柔和还是暴烈，用梯子是柔和，用他人、用自身引火是暴烈，但无论何种手段，在目的面前，都是——正义。

吴灯倩始终无法接受的就是这番理念，因为她总抱持幻想：自身可以不被牺牲。

养父对她颇有期待，但如今看来养父实在是高估了她。

不过她确实有很大的价值，能促成不少惊天动地的事……

# 太爷爷的私人日记 02

  1926 年,"十一路"竟敢在光天化日、众目睽睽之下试图刺杀!这举动震惊了在场的所有人。不过幸运的是,那匕首没有造成太深的伤害,且转眼间"十一路"就被砍了头。

  我实在不知道该用何种情绪来记述。养父是无奈且愤怒的,他常向我强调"不该对中国的愚民抱有幻想",他们是盲目且冲动的,这群人只会用最低级的方法来解决问题。

  他自己一直努力维持着两重身份:以出入社会上层为表,串联各方资源;以赚取底层声望为里,骗取愚民信任。他还将这所谓的权力早早交付于我,让我与他一道经营——这是他解决问题的方法。

  说回"十一路"。在我眼中,有那么几个瞬间,我是希冀"十一路"能成功的,这似乎是对养父的一种背叛,但我无法欺骗自己内心的震动与悲伤,我实在不愿看着他死若尘埃,被外国人、被妓女、被乞丐看不起。我想,即便他是无知的工具,若能成为我的刀就好了。

# 太爷爷的私人日记 01

  我的养父一直向我强调:"正义"是理性的产物,只有拥有足够长远的眼光与大局观的人才能分辨什么叫"正义"。很多人都以为"善良"等于"正义",实则并非如此。"善良"是一种感情,而私人的感情会导致一叶障目,一旦思想观念被善良占据,做出的行为都只有片面的作用,哪天一旦开窍,便知善良有可能会致人盲从与冲动。

  所以我学会了从来不以情感去判断事情值不值得做,我只会遵从理性对"正义"的理解行事。哪怕当下这件事是有违人道的,但站在历史发展的高度来观望它,最终的结果是利大于弊的,那么就值得去做。

  当某人的存在对中国发展只剩危害时,不论他是何种身份,都该被铲除。所以,在1937年6月25日,我才会果断行凶。

  (包括1932年2月初我写给吴灯倩的那封信导致的结果,我也早已预料,可我从不后悔,毕竟这条路非常艰难,既然选择了就绝不回头。)

久闻李菲女士大名。吾乃步间风，今步某恐有一险，前些天收到信件，说步某将于十二日晚上被谋杀。日防夜防，但家贼难防，步某怀疑恐吓来自于步家，且得知李女士近日较清闲，遂求助于您。若方便，烦请十二日午后前来，在保护步某安全的同时，找出端倪。家中他人不知此委托，届时请您尽量隐瞒，步某只是以接待贵客为由邀您前来共餐。当然，事成之后，必有重谢。若李女士实在事忙，烦请及时回信拒绝。

李菲委托信

# 无碑者手记

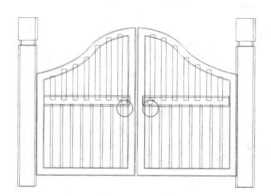

## 人物往事

# 李约的往事

## 笛子

李约自小在江北长大,家中除了父母外,还有一个妹妹和一个弟弟。

1905年,江北闹饥荒,灾民或瘦得皮包骨,或面容浮肿不成人样。李约的父母便带着一家人逃到上海来谋生,住在半圆形的"滚地龙"里——用几块竹片弯成弓形插入地里当房屋的框架,然后在上面铺上芦席,用篾片一拴,向阳的一面割出门来,地上铺一块烂棉絮,好不容易终于弄好了简陋的窝棚。这种窝棚没有窗,也只是挂上一块草帘当门,高度只到人的胸口。"滚地龙"内除了睡觉,连坐的地方都没有。上海多雨,夏天河水上岸,家家户户泡在臭水之中,一时屎尿遍地,恶臭无比。

而这就是李约今后的家。尽管不能完全挡风遮雨,但至少可以不用风餐露宿。

巨轮滚滚,时代洪流猛烈向前,李约的父母不过是一介草民,底层的呐喊追不上历史的步伐,如尘埃般散失于身后,他们越是努力生存,就越是萎靡不振;工作效率越低,赚的钱就越少。如此反复,恶性循环。

后来父母二人不堪重负,纷纷病倒。没钱治病,没能力赚钱,终于要活不下去了。

1906年,看着吃不饱饭的家人,李约心知自己应该担起重责,开始拉人力车。

父母哪怕病恹恹的,也总念叨着希望孩子过得安乐,不希望被父母的病拖累,这是他们唯一的期盼。久而久之,父母眼中隐约流露出他们对自己身体不争气的悔恨,对需要儿子来照顾自己感到内疚。李约甚至觉得他们已经看透了生死,似乎做好随时迎接死神的准备,可从病榻上回眸,他们又竭尽所能对孩子强颜欢笑。

"明明都快说不出话了,还想着我们的感受,哪有人当爸妈当成这样的……"当父母难得地安稳入睡,李约总是会站在门外,握紧那磨破了血肉、起了水泡的双手,对着闪耀却冷寂的繁星流泪。

李约只知道要努力工作,他认定这是唯一的出路。当感到孤单时,他便拿出小时候母亲送给他的竖笛,吹起母亲教他的唯一的曲子,以此抚慰心灵。

人力车市场是一个复杂的圈子,哪怕只是拉车的苦力活也充斥着尔虞我诈,破坏同行的车子之类的现象时有发生,还需要打点好专门抓野鸡车的巡捕。可李约从不随大流,他甚至连稍微兜一点远路多坑客人一点钱也不愿意。

别人都说,做人得学会睁一只眼闭一只眼,不懂人情世故而去破坏潜规则没有任何好处,但李约始终坚持自己的原则。

他说这叫诚实,别人说那是他愚蠢。什么时候诚实做人也成贬义词了?他嗤之以鼻,摇摇头,不予理会。

事实上就是,他基本上赚不到什么钱,每个月也不过七八元。钱本来就少,在别的车夫都拖欠租金的情况下,唯独他仍然定期向车商汇报。

苦于别的车夫逃避交租,甚至有人偷盗车辆,眼见李约这个软柿子如此诚实,艰难的车商除了占他便宜也别无他法。捏到了软柿子,忍不住得寸进尺,再要求他将其他人欠下的租金也一并交齐。

"我也对你感到很抱歉……但实在没办法,你的兄弟都不交钱,那我就要挨饿吗?李约兄弟,你就帮我这个忙吧!我们都是同道人,以后有好事我一定会犒劳你的。"

有时车行老板会用苦肉计去打动李约,有时会通过威吓逼迫李约。反正他们总算是了解了李约仁慈善良的一面,将其扭曲成死板、隐忍与软弱。

于是，死板、隐忍与软弱也就逐渐侵占了李约的精神，成了他的本性。

人之所以为人，就是有道德的约束，善良与正直是为人的底线，否则何以为人？尤其是如今这个世道，最缺乏的就是良心与职业道德，李约是封闭在自己的信仰中的正常人，始终相信只要严格要求自己，迟早能赚到该赚的钱，养活家人！

他的行为招致了无数人对他的嘲讽甚至孤立。

"看看那个傻子，被欺负了还挺乐呵，以为自己赚到了。"

"赚到了诚实，赚到了道义，但没赚到钱，哈哈哈哈！"

"家里爹娘有他这么个儿子还真是可怜。"

李约忍受不了被他自以为值得信任的同伴背叛。终于，他第一次任由自己愤怒的情绪向外发泄，意图出手教训对方。可暂且不说他是否是别人的对手，即使出拳挥到别人鼻子前，那名为"正直"的防线也会立刻将一部分力道卸去。

暴力应该受到道德的约束。

毫无意外，李约反被狠揍一通，过后还被告状，被迫赔了一笔莫名其妙的费用。

吃大亏的李约走投无路，只能选择隐忍与封闭来保护自己。他发现若对外人袒露情感，只会换来背地里的嘲笑，只会变成把柄被人利用。他逐渐戴上一个假面，不表露任何感情，甚至逃避真实的内心感受，只顾着赚钱度日。

他偏执地相信内心认同的一切，始终无法去做那些被他认定为"卑劣"的事。

1922年，有一位常搭车的客人很赏识李约，总感叹这个世道下难得还能有他这般老实的人，只是这位熟客也提醒李约，以他的性子恐怕是活不下去的。李约每次都只是客气地笑笑。

后来某天，熟客带着一位年轻的后辈再次坐上了李约的车。

"李约，我很欣赏你的善良与真诚，你值得更好的回报，我这里有一份工作希望你能考虑试试。"

据闻这是一份能赚钱的生意，比拉人力车来钱既快又轻松。

李约虽死板，却并不愚钝，他很快弄明白了工作的内容——**参与步间风的鸦片生意，负责联络与运送。原本负责这项工作的地痞头目在不久前死了，现在步间风急需找一个人来接替他的工作。**

李约心中诧异，没想到这位表面正经的熟客竟会与青帮、鸦片扯上关系，果真人不可貌相……而身旁那个年轻的后辈似乎对这些话题也已见惯不怪，这简直令人细思极恐。李约自然是回绝了对方的邀请，此后也避免与对方再有更多接触。


时间不知不觉来到了1925年。

李约在拉车过程中认识了吴灯倩。这时吴灯倩还只是一个专门拍广告的小模特，一直抬不起头，在行业里又明着暗着不断遭受着打压与欺侮。搭车总是一个很方便交流的机会，李约的率直令吴灯倩感到安慰。李约倾心于她的魅力，而吴灯倩感动于他难得的正直与善良。两人无视了身份的差距，坠入了爱河，却未曾正式约会过。由于曾经的遭遇，李约到处找借口逃避自己的情感。他始终认为，发展感情会消耗精力、时间与金钱，会辜负家人，同时还多背负一个责任。既然结局很有可能是坏的，那他干脆选择不开始。

他活得太压抑了，他做人太逃避了。

他活得太认真了，他做人太认真了。

5月30日，五卅运动爆发。这是一场由中国共产党领导的以工人阶级为主力军的群众性反帝爱国运动，起源是上海日商内外棉七厂资本家借口存纱不敷，无理开除工人，故意关闭工厂，停发工人工资。工人顾正红带领群众冲进厂内，与资本家论理。日本资本家非但不允，甚至向工人开枪射击，打死顾正红，打伤工人十余人。

日本纱厂先后发生工人罢工事件，却遭到日本帝国主义和北洋军阀的镇压。数千学生分头在公共租界各马路进行宣传讲演，其中有人遭到巡捕房逮捕拘押，被拘押在南京路老闸巡捕房内，从而引起了学生和市民的极大愤慨。公共租界的巡捕向群众开枪，打死了无数人。当中，李约有不少同事都选择罢工示威，其中甚至包括曾经欺负过、嘲笑过他的车夫。

李约没有参加，他只相信脚踏实地，靠力气养家糊口。

回到家中，他得知弟弟参加了五卅运动，感觉弟弟一点也不懂事。

"你哪里是那种闹革命的人？你我都不是，你只是为了钱而已。为了钱就脚踏实地去工作，你有没有看到爹娘现在身子都什么样了，还去搞那些危险的事，万一人没了咋办？你要是没了，爹娘可承受不来，所以不要那么自私。"

听到这话，弟弟直接抓住他的衣领，将他往墙角撞。

"所以我要指望你每天拉那破车养活爹娘？你连养活自己都不够！我为什么要去做那些事，难道你以为我真是为了钱不顾一切的人？如果是，那也是你惯的！我在你眼里是坏的，是堕落的，是不学无术的混混儿，但你却是虚伪的，是懦弱的，你自欺欺人！你一直不肯承认，爹娘和妹妹都是靠我在养！甚至连你都是我在养！"

被弟弟这么一吼，李约无法反驳，他心知弟弟没说错，但也不觉得自己做错半分。

从此，李约与弟弟的沟通越来越少，他依然按以前的习惯赚钱生活。而父母即使口齿越来越不清楚，但对李约的关爱始终没变，他们反复地安慰道，好好努力应当是为自己而赚钱，只要孩子的生活过得去就好，千万不要因为父母的困难而委屈了自己……李约自然是越来越忽视"家庭"的观念，而对工作准则的执念则越来越深。实际上，他或许恰恰就需要找到这么一个"台阶"，让失败的自己好好透一透气，然后继续自欺欺人。

1927年，李约受马歇尔雇佣成为私人包车车夫。马歇尔正是看中他那愚蠢的忠诚，偶尔也会嘲讽他"真是一个没有情感的工具"。

李约从此有了稳定的收入，但天意弄人，1928年父亲因贫民区饮用水污染导致身患霍乱。贫民区医院很少，妹妹与弟弟在大街无力地哭喊着求助，等好不容易将父亲送到租界的医院时已经无力回天。

而这天恰好马歇尔的儿子也在医院中将要病逝。马歇尔命令李约赶紧载他前往医院。李约在纠结之下，以遵守职业操守、为了保障今后母亲的生活安稳为借口，甚至没有去见父亲最后一面。

反正去了也无用，父亲估计也不希望他冒着丢失工作的风险吧！如果父亲的在天之灵知道他还是如此努力地工作，想必很欣慰吧——李约在心中不断找借口合理化自己的逃避行为。

"你今天有事吗？李约，看你似乎闷闷不乐的样子。"儿子离世后，马歇尔在回程时问道。

"没什么事，马歇尔先生。"

"不，你一定有事。我看得出来，今天你的脸上露出了与我一样的表情，你显然比我要痛苦得多，但似乎一直在刻意掩饰。"

"是的，马歇尔先生。不瞒您说，家父今天也因病去世了。"李约依然守着一名车夫的礼节，平淡地回答道。马歇尔说他的表情很痛苦，他却没有太切实的感觉。

"啊？你怎么不早点儿告知我，今日我就放你一天假了。"

"不，马歇尔先生，您也处于与我一样的情况当中，而此时正是我工作的时间，权衡之下，我选择先载您去医院。"

"呵呵呵，我果然没看错你。李约，在你身上，有中国人罕见的无私精神！回去我一定重重赏你。"在后座的马歇尔扯起嘴角，讽刺地笑了笑。

1929年，吴灯倩已经在电影界小有名气了，而父亲却惨遭李莽杀害。

从弟弟口中得知真相的那一刻，李约的情感如浪潮般一涌而来，这是他最真实的愤怒，也是最真实的悲恸。他习惯性地像以往那样不断给自己找借口，但心中交杂的愤怒与悲恸撕裂了曾经的伤口，他无法再以所谓的"理智"去压抑、磨灭、伪装内心最真实的情感。原来这一年来，他无时无刻不在后悔错过与父亲的最后一面，可他总是希望借不停奔波的工作来甩掉自责。这次他想起了吴灯倩的笑脸，想起了吴灯倩带给自己的激情，想起了两人无疾而终的感情……

他又开始想象，假若吴灯倩发现父亲被分尸，而自己竟用父亲的血肉来填饱肚子时，该多么绝望！李约是一个封闭在自己世界中的人，可以说他是极端的，又或是细腻的，反正那一刻他极度地不希望吴灯倩发现这件事，所以毅然跑了出去……

李约的选择有很大风险，他不能保证计划一定成功，失败了可能会换来更惨烈的后果，这在根本上或许就不是一个理性的做法！但想想过往多少事都因所谓的"保险""考虑周全"而选择放弃，导致日后悔恨！李约不希望再以"理性"去包装自己的"愚钝"。作为一名男子汉，他这次终于遵从了内心最原始的冲动。

幸运地欺骗吴灯倩之后，李约连忙装作不知情，赶到吴灯倩身边陪伴她，并打消了吴灯倩复仇的念头。

李约还约见了步间风，吐露事实，跪地恳求对方帮忙隐瞒。步间风出于对贱民的怜悯——不，他没有"怜悯"这一情感，应该说是对比自己弱小的生命的戏弄罢了——便同意了。

1931年，李莽由于假扮警察招摇拐骗而被捕入狱，母亲因伤心过度而亡，妹妹也嫁给了一个大户人家，与家里彻底脱离了关系。

1932年2月6日，李约缺乏资金，只能厚着脸皮拜托吴灯倩，希望每月收入已高达三四百元的她能帮自己将弟弟救出来。

李约的内心当然也经受着煎熬，毕竟弟弟可是杀害了她父亲的人！明明自己知道真相,却仍要如此伤害吴灯倩！李约不停地往自己脸上扇巴掌,痛骂自己是一个彻底的人渣。可李约心底依然留有一块为自己找借口的余地,毕竟吴灯倩并不知道当年事情的真相,所以她是不会伤心的,她是不会伤心的,她是不会伤心的……李约不停催眠自己。

而吴灯倩毫不犹豫地答应了——没有半点儿犹豫。她凝视着李约的眼睛,显然正极力渴望通过眼神的交流,与李约共情。这就好比站在悬崖边的女人,为了分担爱人的痛苦,毅然地跳入火海,自愿承受万劫不复的痛苦,却凭借着强大的精神力,在炽热中拥抱爱人,与之共舞。

为什么……为什么堂堂一个大明星,仍要如此苦恋像自己这种小车夫？

望着她悲悯的眼神及眼眶里的热泪,望着镜中她逐渐扭曲的痛苦表情,李约心中的愧疚凝聚沉积,转眼却又被他轻轻地以一句"没事的,即便吴灯倩知道真相,她还是会选择这样做,没事的"推下黑暗的无底洞。

但李约心中还是留下了芥蒂。在当天分别后,他回想起过往的人生,明明一直循规蹈矩地生活,但似乎皆铸成了错误的结果。无数的错误与无可挽回的后悔终于令他开始怀疑善良与正直是否还值得坚持……


李莽出狱后不知所终,未曾与李约联系过一次。李约心中对自己的气恼又更深了一分。1932年战争爆发,李约流离失所,无暇再顾及其他。好不容易幸存下来,在喘息之余想起弟弟与妹妹时,他的第一反应竟然是悲观地认为他们已在战争中遇难,成了渺小又无意义的牺牲品。

身边亲爱的人纷纷落得这种田地,李约突然觉得弟弟说的或许是对的,善良与真诚是很重要,但在这个世上根本一点用都没有。善良填不饱肚子,真诚会换来欺骗,然后不知何时成为炮弹下的碎屑,就此潦草结束一生,死后无任何人记得……

为什么父亲会因喝水而死,母亲会因伤心而死,而无用的自己经历了这么多炮火偏偏还活了下来？李约抬头望向天空，繁星已不复存在，那里尽是烟尘的残余。他再次拿起竖笛，竖笛已经残破，但仍能吹响。李约吹起母亲临终前教会他的第二首曲子，他没有忘记任何一个音符，可吹出来的声音却尤为刺耳，有一股什么东西腐烂了的感觉，叫人毛骨悚然。

李约流着泪，下定决心重新思考生存之道，从此要狠狠地为自己而活。不顾一切。

…………

战争暂时停止了。

**时隔十年，在机缘巧合下，李约又遇到了当年那个"年轻人"。寒暄过后，李约才知当初那位熟客已过世，许多事情都交给了眼前这位后辈来处理。**

李约主动提起步间风的事情，表示如果有可能，希望对方可以再给他一次机会。这一问令对方意外，也似乎正中对方下怀，李约通过此人的联络顺利搭上了步间风。

李约十年前因执着于无用的道德与原则，错过了荣华富贵。现在他终于意识到所谓的"法律""道德""原则""底线"都只是有钱人用来控制穷人，防止他们跨越阶级威胁自己地位的手段罢了。事实上，有钱人根本不把这些规则限制当回事儿。

何以为人？天从来未曾为人定义过任何规则，李约终于还是认清了这一点。规则既然是人定的，那就证明可以冲破它。不破不立，李约依然是一个完整的人。何乐而不为？

冲破了内心的阻拦，李约在与步间风合作的同时，暗地里也贪污着步间风的资产。每当他非法占有时，脑海中总是想起那几个跨坐在自己背上坏笑的家伙。他们不再是野兽的面孔，而是一个个有血有肉的正常人。李约不再只是理解，而是能够共情。

反正大家都是这么做的，这再正常不过了不是吗？只不过是为自己能活得更好而已！只不过是为了活着！——每当他要去做那些在以前想都不敢想的坏事时，他就以此来说服自己。他享受着危险的愉悦，如精神鸦片般上瘾，逐渐麻木了意志与道德，沉迷在欲望的放纵之中。

满足的阈值被拉高，就该追求更高的高潮，永无止境，尤其过去未曾拥有过的快乐现在需要加倍弥补。一个极端的人被压抑久了，释放之后若不谨慎，便很轻易跳向另一个极端。

李约的介绍人提醒过李约要克制，可李约早已束缚不住自己的欲望，他不再是走投无路的丧家犬，而是抛却了底线的可怜虫。恨铁不成钢，介绍人最终认为李约已经没有半点用处了。

1935年，李约因鲁冰错误的判断被巡捕房拘捕，从而被处以极刑。李约的一生，就在冤屈中落下了帷幕。

（请继续翻页）

# 李莽的往事

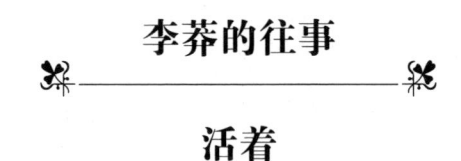

## 活着

李莽出生于1891年。

初到上海的李莽本来还憧憬着五光十色的生活，可很快便意识到生活在贫民区的自己位于社会最底层。如坐井观天，曾经憧憬的繁华租界近在眼前，但李莽没有资格享受。

与哥哥李约的性格截然相反，李莽天生胆大无畏。童年时，李莽视哥哥为自己的偶像。哥哥说什么，李莽就听什么，李莽眼中的世界都是哥哥给予的，从未见识过哥哥之外的世界。

可就在15岁那年，李莽看到哥哥被他一直吹嘘关系有多好的"兄弟"欺负，而哥哥始终只是低头忍耐，任凭尊严被践踏也无动于衷。虽然被揍的并非自己，可李莽仍然感觉很憋屈。李莽想为哥哥出气，而哥哥不但没有支持他，反而指责他意气用事……

李莽对哥哥的情感就在那一瞬间有了变化，继而蔓延至生活的每一个角落。

李莽不再信任哥哥说的话，还会下意识去否定，认为哥哥一直坚守的所谓善良与正义不过都是狗屁，是懦夫的借口罢了！谈什么品质，那就只有落得被欺侮、被压迫的下场。正因看到哥哥被占便宜却仍然自欺欺人笑脸冲天的一面，看到同胞将刀锋对着自己人的一面，年轻的李莽逐渐意识到这个世道如果真有正义，那么金钱、权力、粮食就是万能的正义。

家里需要钱，显然哥哥满足不了。李莽不得不站出来，但他自然不会走哥哥的那种道路。李莽的目标就是钱，只要能来钱快，李莽什么都能做。

1906年起，李莽不得不昧着良心去做各种坏事，到处盗窃抢劫，以此来赚钱养家。1908年，李莽终于加入了青帮，还被安插进巡捕房，黑白通吃。

　　李莽凭借着大胆无畏与随机应变的才能赚了不少黑钱，但他从未忘记自己为何会走上这条道路。每当李莽以流氓的面目，或顶着巡捕之名，道貌岸然地压榨衣不蔽体的贫民时，内心也备受折磨。可为了父母与妹妹，李莽只能备受煎熬。

　　"但凡我仁慈，那么明天爹娘与妹妹就会像今天这样，遭受像我这样……不，比我更加凶狠的同胞的迫害，然后跪在地上哭着求恶人大发慈悲，给口吃的。"

　　"我和他们一样，只不过我走出来了罢了。他们站不起来，那是他们的事，我又有什么办法。"

　　无论做多少次，李莽都无法习惯。

　　每当李莽看着被自己迫害的可怜人，内心总会涌起就此改邪归正的念头。可下一瞬间，爹娘与妹妹的身影便自动代入到眼前跪地跪到膝盖磨破、磕头磕到血肉模糊的人身上。李莽越可怜他们，就只能越残忍。

　　夺到了钱，李莽立刻转身，不忍再逗留。迟疑半刻，对李莽而言也是成倍的折磨。

　　到了夜晚，李莽放下防备睡在布满沙子的席子上，耳畔似乎响起了求救声，他顿时有种被扯进黑暗深渊的幻觉。李莽总是梦中惊醒，多年来从未安眠。他知道自己已经烂透了，无可救药了，不知哪天就会提前被阎王带走。

　　李莽挪到熟睡的父母跟前，跪坐着，边流泪边磕头。李莽感激父母的养育之恩，却愧疚于自己活成了恶魔。他希望父母能因自己的感激而感到安慰，希望阎王能因自己的忏悔而动容，希望那些被伤害过的灵魂能因自己的反思而安息，同时他也为天下苍生而祈愿、祝福……

如今已是背水一战，李莽只能向死而生。

1928年，父亲因贫民区饮用水污染导致身患霍乱。哥哥不在，没法搭乘人力车。李莽与妹妹只能在大街上无力地哭喊着向人求助，但能向谁求助呢？路边骨瘦如柴、毫无生气的人们大概见惯了这种场面，只是像看一场完全不感兴趣的无聊电影，无动于衷。

这是报应吗？如果是，为什么要落在自己家人身上，他们是无辜的！

好不容易将父亲送到租界的医院，却已无力回天。

而李莽却仍然活着，身体健壮，生龙活虎。

难道李莽的罪孽已经深到连阎王都要故意罚他在人间体会"一直珍惜的事物在某一瞬间被毁灭"的痛苦吗？

这一刻李莽有了自尽的念头。

但不知是否母亲有所察觉，她握着李莽的手腕，李莽感受着从未有过的力道，回头望去，只见脸色惨白的母亲注视着他，眼中是自从病倒后便从未闪耀过的坚定与顽强。

"活下去，一定要活下去。"

母亲的声音虽然微弱，却有一股神奇的魔力感染着李莽。活下去，即便终身只能在这窝棚里苟且，也没有什么比能够活下去更加珍贵。更值得庆幸的是——李莽答应了母亲，将其视作信念。

1931年，正值上海发展的全盛期，在上海警察的努力下社会秩序逐渐改善，底层被压榨已久的民生世态有了一定好转。但这对李莽来说或许并非好事。

由于上海特别市公安局已于1927年成立，淞沪警察厅被合并，发展到1930年，警察内部力量全部被重新洗牌。因此李莽在1931年终于失去了步间风的保护，无法再混迹于警局。但临走的时候，李莽狡黠地顺走了配枪与警服。

李莽在大街小巷继续假扮警察招摇撞骗，以便掠夺更多钱财。

然而警察局在此时公布了新规定，每一支枪的枪管和枪托上都被刻上了"沪公安局"的字样。而上海警察入行的最基本要求，被统一在身高一米七三以上，需要受过初级小学教育，并在当地有担保人。这种标准逐渐普及至全国。

李莽自然不会选择退缩，他不想因害怕冒险从而活成李约那个样子导致再一次失去家人。可久而久之，他还是由于太过张扬被发现是个冒牌货，最终被捕入狱。

"喂，有人让我告诉你一个消息。"

某天，狱卒冷漠地对李莽说道。

"你娘知道你进来了，太伤心，所以过世了。"

他的语气就像在茶余饭后聊起路边的一只饿死的狗那般冷淡。李莽突然心生怒火，隔着栅栏直接扯住狱卒的领子，毫无用处地发泄了一通。李莽心里非常清楚，他对狱卒并没有任何愤怒，只是在恨自己。

李莽心灰意冷，但他不是一个会自杀的人，不知何时他突然明白了自己存在的意义就是为了活着。李莽为了活着可以做任何事，所以不会自杀。这能称作"坚忍"吗？或是"顽强"？李莽躺在暗无天日的牢房里，终日胡思乱想，然后每次都以自嘲的惨笑作结尾。

如果不算1929年那件事的话，李莽与吴灯倩初次相遇则是在1932年。

自从被抓后，李莽已经彻底对生活感到绝望，本以为自己的下半辈子都会是漫长而枯燥的监狱生活。但某天，狱卒突然解开了李莽的枷锁，懒散且鄙夷地对他道：

"你可以走了。"

李莽吃惊。这是怎么回事，难道是在欺骗自己上刑场吗？

狱卒看到李莽将信将疑的神色，翻了翻白眼："有一个重要人物花钱保释了你。"

"重要人物？是谁？"

"走吧走吧，别在这里惹人厌。"

无论李莽怎么问，都没有人回答是谁保释了他。李莽只知道那对于自己而言是一个"重要的人"。

李莽不禁笑出声来。如果是李约，那他又怎么可能有钱保释自己呢？真搞笑，凭那呆子的生活方式，拉一辈子车都不可能赚够保释金。

后来李莽买通了巡捕，知道了保释自己的人的身份，但他打死都不敢相信……

竟然是吴灯倩。

重要人物？从某种意义上来说，她确实也算挺重要的。可她为何要保释自己？按常理来说，她应该恨不得将李莽大卸八块才对。而保释之后又为何完全不联系自己？李莽一头雾水。

时隔一年半，李莽重获自由，但上海滩的天空已经不再湛蓝，闸北商务印书馆大楼附近，原是繁华一片，却在"一·二八事变"之后成了一片废墟。"一·二八事变"是在"九·一八事变"之后，日本为了转移国际视线，并图谋侵占中国东部沿海富庶区域，而在1932年1月28日蓄意发动的侵略事件。

因此街头到处是军人在紧张戒备，临近闸北战壕的地带不时可见血肉残肢孤零零地躺在地上，烟尘滚滚，无人理会。

一些难民在找寻幸运躲避了炮火的树木，砍树，啃树皮，仿佛这样能填饱肚子；另一些则驻足观看着战后的景象，脸上只剩麻木。

李莽自嘲般地庆幸自己在牢狱中躲过了炮火的侵袭。眼前的一切似乎都变得陌生，越看越辨认不出这是自己生活过的家园。

或许，家人都已经死了吧……

想到这里，李莽的心突然剧烈绞痛。明明入狱时什么都不在乎，可现在怎么想到家人心脏又突然有一种正欲跳动，却马上又被死死攥住的感觉？李莽不禁苦笑。可事到如今自己又能做什么呢？炮火面前，渺小的自己即便对眼前一切再抱以无限的怜悯与愤怒，也不能保证今晚就能填饱肚子。李莽狠狠地甩头，重新坚定自己的信念。只要有钱，能吃饱饭，保住自己的小命，才是最重要的。

李莽从来都是这样想的，所以才有机会活到现在。

重获自由令李莽再次点燃对生的渴望。可出狱后或许并不比在狱中安稳，在战争与囚犯身份的影响下，李莽无家可归，流落街头，靠不断地抢、偷、盗、骗等各种无赖手段维持生计。

是堕落在促使堕落。但李莽总是告诉自己，弱肉强食是自然法则，彻底抛弃一切情感与道德的束缚，只要最终能活下来就是胜利者。因此李莽变成了一只纯粹为了生存而生存的冷血动物。

3月，李莽发现吴灯倩在白渡桥边，招揽群众，组织游行，惹来桥上桥下、江中江边无数百姓的注目。她站在高台上，化着浓浓的西式妆容，却又身穿中山装，正气凛然地发表着关于团结救国的言论。

这段日子，不少中国人都试图在做类似的事情，对此李莽不过左耳进右耳出。但眼前这人是吴灯倩，他好奇地挤入了人群中。

原本是电影明星的她，在"一·二八事变"之后竟毅然放弃了养家糊口的电影事业，投身于抗日救亡运动中，当起了某运动团体的领导人。

据闻，2月7日是她第一次在白渡桥进行规模空前的大演讲。只可惜那时李莽仍在狱中。也正是那次之后，她团结了不少群众，直到现在依然奋战在前线，身体力行击碎了世人对她这一小女子、这一戏子的质疑。

李莽抬起头，颈椎发出咔咔声。他似乎很久没抬头望过任何东西了。只见眼前的她没有了以往在电影中流露出的温婉知性与文艺气质，取而代之的是眼里锐利的寒光，寒光中洋溢着滚烫的热情，坚定而自信。原本披肩的长发现在也高高束起，显得干练，似乎随时都在准备殊死相搏。

三年前的一瞥，当时的她素面朝天，不施粉黛，眼神是软的，气场是弱的。没料到三年后再见，她变得气场如此强大。

此时此刻，李莽忘记了原本寻找她的目的，逐渐沉浸于她的演讲当中……

吴灯倩的身影与嗓音仿佛一束亮光，既清澈，又闪耀，紧紧抓住了李莽的眼球。

李莽讶异，这源源不断的力量，以及极具压迫感的气势，是如何积聚在她那小小身躯，又是如何迸发的？明明只是那么小的身躯，明明看起来如残烛般不堪一击……这股力量仿佛具有传染性，身旁的国人也都不再是刚开始那般麻木的神情了。

可李莽从来不吃这一套，在他的四周仿佛早已筑起一堵墙隔绝了一切。李莽觉得自己只是一个冷漠看着这一切，无任何情感波动，更无意义的存在罢了。

不知不觉，李莽以局外人的身份将演讲听到了最后。吴灯倩坦言将自己从影以来赚到的绝大部分钱都投入到率领的抗日团体当中。李莽知道这下有机会填饱肚子了，于是选择加入。

后来由于战争局势恶化的关系，李莽再也没有找到合适的机会单独接近吴灯倩。不过他只是一个关心金钱、粮食与结果的人，没必要去了解其他的。

在战场上，李莽偶尔也会不经意想起家人，尤其是那个呆子……李莽一直在心中表现得无所谓，以厌恶为借口刻意不去回忆。可是在后来的战争中，炮弹每一次掠过耳边都会震碎李莽的自我伪装，他这才意识到自己不过是害怕得知家人已故的消息才忍住不去回忆。

过去的种种如走马灯般奔过李莽的脑海，虽然飞快，可李莽总能把握住其中的点滴。原来一切都未曾消逝。想起初时，李莽做所有事情的出发点都是为了家里人过得更好。而现在又怎么会偏离了轨道，落得这般下场……

"我好想念你们，哥哥，爸爸，妈妈，妹妹。"

李莽恍惚了一下。就在这个间隙，敌人的刺刀迎面而来，李莽最后见到的是一闪而过的寒光，接着便失去了意识。

**未到下一轮，请勿翻开下一页**

# 孙玲江平的往事

## 往日情怀

江平与胡弦、孙玲是邻居。

江平出生于1901年，父母是建筑业商人。胡弦从6岁起就与他玩耍，他也经常尊称胡弦一声"大哥哥"。两人虽有年龄差异，但完全不影响他们之间真挚的友情。

美好而和谐的时光没有持续太久，他们之间第一次有了裂缝是在1912年……

辛亥革命成功，清王朝被推翻，1月时上海各界四万余人在张园举行规模空前的剪辫大会，当场理发匠有十多人，剪辫者多达上千名，鼓掌声、叫好声与剪辫声此起彼伏。

这股浪潮实在太过激烈，甚至还有不法之徒浑水摸鱼，在街道三五成群强行拦截行人要求帮助其剪辫子，从而劫盗敲诈，弄得人心惶惶，混乱不堪，同时也扭曲了百姓对剪辫子运动本身的看法。

除了赞同支持的声音，当然不缺反对与冲突。不少早已习惯留辫子的人自然无法一下子接受辫子被剪去，那仿佛就是硬生生将一块心头肉扯下！一些被强行剪去辫子的人甚至哀号痛哭，夸张到无颜归家，就连出门的勇气也没有。军队开始派出巡查队上街，手执大剪刀，满街剪辫子。看见辫子，不由分说，迈步上前，手起刀落！有人跪地请求将辫子捡回，说留着入殓时好放进棺材里，落个"整尸"……

如此混乱的景象并不是政府想看到的，他们接受了教训，规定严禁在路上强行剪辫子，并在全市范围义务开展剪辫大会，向百姓详细讲述剪辫的意义，从根源上铲除奴性，让百姓自愿并渴望剪去辫子。

江平恰好就是成长于这一历史分水岭的一代。他的家庭生活虽然优渥，但受父母影响，从小就有严重的守旧观念。也不知该说是"传统"还是"封建"，即使才十岁，他就已经对辫子恋恋不舍，冷漠地无视闹得满城风雨的剪辫运动。当军队满大街强行剪辫子时，他甚至害怕得终日躲在屋子角落，也不愿与胡弦玩耍。后来得知政府规范了剪辫子的行为，他才在巷子间冒出了头，找胡弦去踢毽子。

他看见胡弦一头光秃秃的，仿佛看见了怪物，眼神中闪过讶异与厌恶，但很快便被能与胡弦重新玩耍的喜悦所掩盖。

"你为啥不去把辫子剪掉？"毽子在他们两人之间来来回回地跳动着，像一只顽皮的精灵。在轻松的氛围里，胡弦随口提出了这个疑问。

"违反传统的行为，是错误的。"

"可大家都是这么做的，孙先生也如此倡议。"

"那又如何，难道我喜欢留着辫子也不许吗？"

"可能大家会觉得很奇怪。"

"那我就不出门。"

"迟早都要挨那一刀的啦。"

"不要强迫我去做不喜欢的事！"江平停下动作，毽子默然落地。

江平又在耍孩子脾气了，他真是一个倔强的人，胡弦无奈地苦笑。而江平也察觉到胡弦的想法，他的愤怒更进一步：

"有什么好笑的？你也只是比我大几岁罢了，有什么了不起？凭什么因为他们这样做，我就要违背自己的本心跟随他们。倒是像你这种魔鬼，随意就能将身上留了十几年的东西舍掉，那才是残忍，是泯灭良心！"

说罢，江平转身离去，长长的辫子随着他愤怒的步伐在小脑袋后左右摆动着，像故意做鬼脸挑衅一般。过去，胡弦看着无数辫子，从不觉得有什么问题，但今天却怎么看怎么奇怪。胡弦不知道自己何时产生了这种意识，似乎大家如此宣扬，胡弦便跟着大家的步伐，赶上了这种潮流。

被好友责骂的胡弦站在原地，有些恍惚，脑海中突然有了这种疑问。但转念一想，如果说江平跟随着自己的本心不愿剪辫子的话，那胡弦剪去辫子、劝说江平，同样是跟随着自己的本心罢了，没什么值得纠结的。胡弦耸了耸肩，捡起毽子，回到了屋里。

孩子间的吵闹隔两天便烟消云散。胡弦与江平又重归于好，虽然没有再提及辫子的事情，可胡弦知道从那次以后，两人之间便有了芥蒂。

或许是太过忘我，又或许是彻底看不惯那不停张扬的辫子，胡弦在一次玩耍中，手执剪刀随手剪去了江平的辫子。

江平突然感觉到自己的后脑勺空空如也，眼中出现从未有过的恐慌，脸色瞬时变得惨白。

"你在干什么！"

"这是屈辱，你在顶着一头屈辱。"

"身体发肤受之父母，不可损毁。你毁了我，你毁了我！你这个疯子，异化的疯子！"

江平像一个疯子般哀号，泪如雨下，好不绝望。他跪地捧着被胡弦剪去的辫子，如对待易碎珍品一般，随后便手执辫子往家中跑去。

而胡弦实在难以理解，为何一个仅十岁出头的小孩子，明明对这个风云变幻的世界仍然一头雾水，却对一条辫子抱有如此大的执念。

胡弦也并不知道，就在江平情绪失控跑回家时，一不小心被马路上的车撞个正着，左手与左脚从此落下了残疾，没法再承受重物与跑动……

从此之后，江平再也没有与胡弦来往。而孙玲仍然分别保持着与他们两人的友谊。胡弦有那么一点欣慰的是，江平还能有孙玲陪伴，而且两人的关系似乎还因此升温。

胡弦每次回想起来总是感到悔恨。若当初料到会造成这般打击，胡弦也不至于做出那种行为。他们明明无话不谈，在许多事情上都能彼此共鸣。

如今却仅因一条辫子，令胡弦失去了一位挚友，真令人唏嘘……

后来再想想，其实辫子在或不在，对他们的相处又能有多大的影响？胡弦作为哥哥，会做出那种行为实在可憎。当初胡弦仰仗着"哥哥"的身份，笑为辫子而癫狂的他是疯子，但或许正如江平所说，为了一条辫子而剪断友情的胡弦才是疯子。

从此，胡弦专注于个人生活，在学业之余开始去木厂当学徒，想着将来做一名木工也不错。

虽然他们不再往来，但彼此仍是邻居，胡弦还是能有意无意接收到他们一家的消息。据闻江平在身体恢复健康后首先做的事情就是向父母磕头哭诉，仿佛做了什么大逆不道的事情一般。或许所谓"身体发肤，受之父母"真的是他的心声吧。毕竟一个年仅十岁的小孩，有什么所谓"奴化"思想？倒是如胡弦一般，将自己的思想强加到他人身上，才是想"奴化"别人吧……胡弦这般想到。

后来，江平没有再留辫子，因为他的父亲不知何时也剪去了辫子。

孙玲出生于1902年，父母皆是霞飞路上的纺织业小商人，家境不差，生活与情感都很稳定。而孙玲从小在幸福的家庭长大，得到父母满满的爱，还上过私塾。

当时，时刻照顾孙玲的还有伊伊姐姐，但伊伊姐姐的家里也一直遭受着流氓的骚扰，苦不堪言。

1917年，孙玲与江平相恋。同年，伊伊姐姐在顾利力的带领下离开了霞飞路。

伊伊设法进入步宅，是因她早已知道若一直生活在霞飞路，除非社会发生大变革，否则自己这一阶层与青帮流氓的矛盾是永远无法消除的，只会永远遭受着恶势力的压榨。她与顾利力决定逃离那里，本质是要进入其他阶层。

1919年，步衡离世，此消息引起全上海滩的关注。步宅周围居民以为从此可以稍微舒一口气，岂料他儿子步间风继承了家业，而此人比步衡更加心狠手辣。

1921年，孙玲家被一个新的小混混儿盯上了，此人人称"十一路"，才20岁出头，体格健壮，十分强势。

伊伊从未忘记，她进入步宅是为了自己与重视的人能获得更好的生活。她享受着荣华富贵，而孙玲却遭受着步间风的压榨。她的良心怎么可能过得了这一关？然而自己是隐瞒了出身才认识步间风的，所以她无法明示让步间风停止对孙玲的骚扰。于是她只能暗中将青帮收回来的钱转手拿去帮助孙玲，能帮一点是一点。

孙玲的父母得到伊伊的金钱救助，家里暂时渡过难关。

但孙玲并不忍心一直接受伊伊的馈赠，所以颇为任性地拒绝继续接受伊伊的好意。

当十一路再次来闹事，孙玲父母被狠狠地砸倒在地时，原本被保护在身后的孙玲却坚毅地站了出来，为了保护父母而拼命反抗，即使在十一路的拳头下不堪一击，她也始终挡在父母面前，绝不向十一路低头求饶。

"我绝对不会向你这种人屈服的。来杀我吧，有能耐你就来杀掉我！"

十一路听到这番幼稚的话，不屑地摇头嗤笑："都二十岁的人了，还这么幼稚，别在这里逞英雄了，在我看来，你的尊严分文不值，而且不堪一击！"

"好啊。就算要死，我也只会站着死在你面前。"孙玲死死地盯着十一路的刀锋。她当然害怕了，害怕极了……但眼下她只能死撑着不让自己移开视线，因为一旦露怯，她就输了。一旦输了，就无法保护父母了。

就这样，孙玲与十一路僵持了片刻。最终，还是十一路先挪开了刀锋，他被孙玲的眼神震慑住了。

那天，十一路放弃了闹事，悻悻地离开了。

孙玲松了口气，转眼便晕倒在父母怀里。她累极了，假如再僵持十秒，恐怕输掉的人就是她了。

在父母的悉心呵护下醒来，孙玲没有放松警惕，她知道十一路迟早还会再来，便打算帮父母去买一些防身工具。然而完全出乎孙玲意料的是，十一路再次前来并不是为了闹事，竟是向孙玲示好……

孙玲觉得十分荒谬，自己的反抗不但击退了流氓，甚至还令流氓滋生了爱意？孙玲最初是一口回绝的，但十一路时不时就来骚扰孙玲，找各种话题聊天，甚至还发起约会。

孙玲为了自保，只能想方设法装作与十一路交好。孙玲没有将这件事告知男友江平，她不想将别人扯进旋涡中。当然，她在十一路面前也隐瞒了江平的存在。

但在1922年，十一路就消失了，没有再出现过。这对周围人来说是一件印象比较深刻的事，因为没见过来这一带当混混儿，才当不到一年就走人的。难道是在街头斗殴中死掉了？大家不禁猜想。

而邻里间甚至传出了流言蜚语，说孙玲为了自保，故意勾引了十一路，然后用某种伎俩让他消失无踪……

然而，更令人意料不到的是——

1922年6月24日，步间风得知孙玲的挑衅，以及十一路已经失踪之后，直接派了一个地痞头目来接手管理地盘，针对孙玲一家继续闹事。

结果，孙玲的父母直接被人用水果刀挑断手筋、腿筋，抛尸街头。而孙玲由于与江平约会，躲过一劫。

"为什么……为什么！我到底做错了什么，要受到这样的惩罚？"

孙玲跪在父母的尸体前，痛不欲生，哭喊声惊天动地，仿佛要将灵魂也尽数吐出。

"玲，我们先把爹娘的尸体带回去吧。"江平在一旁拥着孙玲。

"你告诉我，告诉我。"孙玲的嘴唇渗出血丝，她扯着江平的衣领，"我的父母做错了什么，他们为什么要受到这样的对待？还是说这一切都是我的错，是我的错？没错，是我的错，都是我的错。"

"你先冷静一下！你想想，爹娘的在天之灵愿意看到你现在这样吗？"

江平一巴掌打在孙玲脸上，想让她恢复冷静。孙玲的发丝随着巴掌粘在混杂着汗水与泪水的脸上，钻入齿缝间。

"啊——啊——啊——！"

江平好不容易才安抚好孙玲，两人在旁人的注视下，可怜兮兮地将父母的尸体暂时移回自己家中。随即，孙玲再次情绪失控，她望向家中的房梁，意图上吊自杀。江平连忙紧紧拥抱孙玲，那力度仿佛他们生下来就注定是不可分割的一对。是的——江平一直都是这么想的，他早已决定要一生守护她。

"别这样，孙玲。我们要好好活下去，我们要活下去。如果你现在也跟着爹娘走了，难道在天堂里，他们看到你会高兴吗？"

"我没有守护好他们，我去的只能是地狱，我不会上天堂的。"

"我跟你说，如果你走了，我也活不下去了。我会用你用过的绳子陪你去那边。"听到这句话，一直在挣扎的孙玲反而镇定下来。她突然意识到这个世界上还有一个她在乎的人。她从江平那坚决的语气中听得出，江平是会这样做的。

"我们要活下来，要更加努力，活得更加灿烂，这样才对得起养育我们的父母。我们要活下来，要向死而生，活给那些欺负我们的人看，看看谁笑到最后。"

"我要报仇。"倒在江平臂弯里的孙玲极其冷静地吐出这四个字。

"我会为你报仇。"

江平答应为孙玲报仇雪恨，并为孙玲打造了一只专属于她的碧绿色手镯，手镯上刻有一只独特的燕子，作为终生的信物。

但要接近地痞头目并不容易，先不说平时有一堆人为他保驾护航，光是他本人就身强力壮，凭江平那副残躯想杀害对方实在是天方夜谭。此时孙玲提出了一个计划：地痞头目好女色，孙玲假装在父母被杀后屈服于对方，主动在夜里投怀送抱，以此进行色诱，将地痞头目引至住宅外的小树林，另一人则手执铁棒隐藏在树林中，趁他沉溺于肉体的欢愉、完全放下戒备时突袭。

江平怎能容忍爱人牺牲色相——哪怕并非真的让地痞触碰？但江平也想不出更好的方法，他为了完成这件事，便同意了孙玲的计划。只是他的身体状况难以顺利完成此事，苦恼之际，好友胡弦心知他们的烦恼，便毛遂自荐，担任了刺客的角色……

行凶过程非常顺利，**过后三人得到了一位"贵人"的帮助。在"贵人"的精心布置下，地痞头目被铁棒击打的伤痕成功被伪造成是因为坠楼而造成的**，江平、孙玲与胡弦顺利骗过了巡捕房与青帮那群莽汉，未曾遭受任何怀疑。之后，江平与孙玲为避免夜长梦多，选择逃离法租界。

孙玲改名为孙平，江平改名为江王令。

从此，两人依靠着心中对彼此坚定的爱，重新振作起来。

那时，黄雪唯还是个十来岁的花季少女，生活在公共租界的静安寺路。沿线有无数的小河浜纵横其间；在大片精耕细作的农田间，散布有不少村落；乡间小路环绕农田，穿越集镇，或循河架桥相连。道路网的逐渐形成是静安一带都市化进程的标志，在黄雪唯生活区的周边，许多高级住宅与大片里弄逐渐落成，工厂作坊雨后春笋般涌现，商号店铺相继开设。

当时静安寺路一带人口密度猛增，不少拥有一定资产的外来者都选择搬入此地发展，其中就包括江平与孙玲，缘分让他们成了邻居。

黄雪唯还记得第一次见面时，孙玲身穿一条印着祥云花纹的大红旗袍，身姿优雅大方。当然，最吸引黄雪唯眼球的莫过于她眼中那股坚忍。黄雪唯不信相由心生，可看到孙玲的眼睛，黄雪唯就自然地产生了这种感觉。从眼中流露的坚忍令她显得独立与无畏。旗袍的红色仿佛因她而添，旗袍的云纹犹如为她而飘，一举一动如火烧般张扬着旺盛的生命力。

后来黄雪唯才知道，她仅仅比自己大三岁。两人自然而然成了好朋友。从此黄雪唯的课余生活也不再孤寂。但久而久之，黄雪唯凭借敏锐的感知，以及同为女生的直觉，时常能感觉到孙玲在自己面前也只是强颜欢笑，离别时一转身便只留下落寞的背影。即便黄雪唯从未见到过，但从她的背影，似乎也能想象得出阴影里她正忍着不泪流的面容。

自 1919 年起，抵制外货运动在一定程度上有利于市场的保护，中国的企业主正是利用这种保护使民族工业得以发展。同时，他们希望通过革命运动来保障工商业的稳定发展。在经济上，这种思想潮流同时也影响了江平后来在同居生活中对待孙玲的态度。

共同生活会将之前未曾展现的一切统统暴露。组建新家庭后，江平守旧的观念也随着大环境的变化而逐渐显露。一天，他终于忍不住怒斥正在打扫屋子的孙玲。

"你一个女人，天天光着脚板算怎么回事儿？"

孙玲发笑。

"你笑什么？"江平感到自己的尊严受到了侮辱。

"我爹娘早就已经不让我这么做了，没想到跟了你，你居然还让我裹脚。"

"你也不看看自己，脚大得像个异类。中国女人讲究阴柔、娇小、柔弱、娴静，你看看你符合哪点？"

"我为什么要去迎合你那保守的思想？不仅如此，我还要出去工作，你不能把我锁在家里。"

"亏我还娶了你这女人，我才知道你是如此不守规矩！"

"亏我还嫁给你这种男人。你为什么不能尊重一下我的意见,你以前可不是这样的。"

"我一直如此,倒是你,终于露出了本性。"

"呵呵,恶人先告状。"

"你违反祖辈留下来的传统,还总想着外出工作,不就是看不起我的能力吗?不就是看不起我的地位吗?试问,天下哪有女人像你这般敢造反?"

"你倒想得挺多,我不答应裹脚纯粹是因为不舒服,我要去工作不是因为看不起你。我只是要靠自己去寻找生活的意义和存在的价值。罢了!反正像你这种自卑的男人也听不懂。"

"什么意义价值?就是妖言惑众。"

夫妻之间冲突频发。江平对孙玲的"不守规矩"感到厌烦,于是态度越来越差,导致两人生活非常不和谐。

1923年,江平参与了上海总商会组建的上海自立体。他们希望,这是一个能为自己服务,为商品、资本扩张提供便利的组织。这时经济发展欣欣向荣,江平在生意上获得了成就感,回家对待孙玲的态度也有了好转。二人关系得到缓和,原本窒息的、岌岌可危的夫妻生活终于有了喘息的空间。

1925年上海爆发了五卅运动,民族资产阶级与革命之间的问题显得特别尖锐。江平也参与其中,提振了士气,得到社会广泛的支持。大环境的变化与小家庭的幸福息息相关。江平与孙玲也不再提及过去的争吵,不再触碰对方的底线,两人生下了一个儿子。从此,江平彻底要求孙玲在家相夫教子,而孙玲虽然心里不满,可面对尚在襁褓中的儿子,也就答应了江平的要求。

孙玲因儿子的存在而重新获得了幸福。

然而夫妻间的矛盾是不可能就此带过的,有些话没说不代表消失,不代表忘记，更不代表让步……

时间来到1926年，江平所参与的上海自立体由于完全由商人组成，缺乏广泛代表性，加之排外与其中成员政治立场被怀疑不坚定统一，最终失败了。随后，江平的产业也陷入了困境，但仍然能满足生活保障，只是回到了原来没那么优渥的生活而已。

同年，好莱坞电影大量涌入中国，这在守旧的中国人眼中成为堕落的标志。但另一部分人并不这么认为，其中有不少思想开放的女孩子剪了发，脸上涂得红一块白一块，就像戴着面具一般，而臂膀与大腿皆毫不顾忌地露在外面。

某天，孙玲在戏院中看了一部《上海花》，开始受到西方观念的影响，频繁出入"大世界"，甚至开始化洋妆，外表与思想皆逐渐西化。

江平的产业陷入困境，大环境不如人意，妻子这样的行为在他看来完全是火上浇油，是对他赤裸裸的挑衅。他心中堆积已久的怨气终于以孙玲为出口宣泄出来。

"你天天把脸化得像鬼一样算怎么回事？你这是要老子天天抱着一个鬼睡觉吗？传出去这是天大的笑话，你是想造反？！"

覆水难收，矛盾终究被激化了，孙玲毫不示弱地反击："我化成白，化成黑，化成红，化成紫，哪怕化成灰，与你又有何干？"

"只有汉奸才用洋人的东西，你照照镜子，看自己还像个活人吗？你的精神已经被他们奴化，却一点不自知。"

"被奴化的是你，你的思想早在二十年前就被守旧的中国给奴化了！"

"你现在甚至连自己爹娘都反对……你！"江平咬牙切齿，"当初我就不该阻止你自杀！"

"你没资格说我父母，更没资格评论我对父母的感情。"江平的话彻底激怒了孙玲，孙玲平生第一次给了江平一巴掌。

"你他妈别忘了是谁帮你报的仇。"

江平恼怒了，他的大男子主义以及因生意失败产生的自卑感令他心中岌岌可危的自尊顿时像泡沫搭起来的大楼坍塌在地，这让他对孙玲的约束越来越病态，也导致他对生活的欲望越来越难以满足，越来越贪得无厌。

事实上，孙玲只是认为婚姻应该是自己人生新的开始，是自我的人格完善，而不是成为谁的妻子或谁的母亲，而被锁在家里。

两人缺乏沟通，或者说越沟通换来的隔阂反而越大。因此在事业上遭受挫折的江平只能通过对孙玲的严加操控来满足自己的欲望。可江平认为自己是在对孙玲好，是在以一个中国人、一位丈夫、一个男人的身份在教育被洋人奴化了思想的妻子。

在他的潜意识中，认为必须要给妻子点颜色让她知道自己才是一家之主。于是他直接动用武力，像一头猛兽任凭自己最原始的力量毁坏掉妻子的一切化妆品，毁坏掉一切自己看不顺眼的东西。

不断升级的交火，婴儿绝望的哭喊，物品被摔在地上的碰撞声——这一切都让江平获得了满足。

"十年前我就应该知道，你是彻头彻尾的疯子，无可救药的疯子！而我却因为那愚蠢的爱情蒙蔽了双眼。"孙玲张牙舞爪，却无半点作用，只能通过大喊大叫来发泄。

"我要让你清楚意识到自己的错误，在你认错之前，别想踏出家门半步。"江平绝情地将孙玲锁在了家里。

不可理喻！孙玲突然觉得很可笑，这一切不过只是激发了自己意识的觉醒。她察觉到自己一直生活在时代与传统的枷锁中，却由于心脏从生下来便被某种潜在的压倒性的力量捏着，让她误以为这是理所当然的事情，所以她从没感到痛楚，从没意识到这是禁锢。

但今天她听到了自己的心跳，感受着心脏强烈的跳动，发现自己完全可以随心所欲，为什么不呢？她完全有权利与能力去争取与追求自己心中真正热爱的事物，她可以表达自己想表达的一切。

这是西方文化令她在自我的思辨中产生的启发，仅此而已。丈夫却受困于"国别"带来的意识形态牢笼，活成了一只井底之蛙。

她开始思考分开生活的问题。

1926年下半年，孙玲在观看马戏表演时遇到了法国人马歇尔。

"为什么要为那虚无的爱情压抑自己呢？"马歇尔如恶魔的低语，在孙玲耳边响起。

"虚无的爱情？不，我爱他，他爱我，这是切切实实的。"

"但你明显现在更加快乐，不是吗？不——不要急着否定我，你可能会因为你的自尊，因为你的不舍得，或者因为什么你是中国人而我是法国人之类的……不不不，不要想这些，反正你无须回复我这个问题，你只需要在自己的心里思考就好。就像你们中国人说的，说到底还是要过自己这一关。"

马歇尔是一个操弄人心的高手。孙玲在与马歇尔的交谈中，第一次知道原来世界尚有许多自己不知道的精彩。她应该把握时间去体验人生的美好。

欲望就是这样的。当你不知道它的存在，就不会产生欲望。一旦得知它的存在，欲望便随之而来。

孙玲终日沉浸在与法国人的玩乐中，觉得自己体验着前所未有的解放。

1926年9月初，孙玲在飞达咖啡馆遇到了吴灯倩。

当时夜深，刚好咖啡馆只剩两人，不施粉黛、穿着廉价布衣的吴灯倩主动来找孙玲，两人聊起了天。

"怎么这么晚还没走？"互相简单介绍之后，孙玲问吴灯倩。

"我在独自思考一些事情。"吴灯倩苦笑，"那你呢，看起来你也有心事。"

"解决不了的才叫心事。有办法解决的，就不是心事，那顶多算麻烦。"

"那你是麻烦还是心事呢？"

"和丈夫吵架，被赶出来了，你觉得呢？"

吴灯倩笑了笑："那就不是事儿。"

孙玲也笑了。

二人相谈甚欢，越聊越发觉她们在很多方面都类似。本来孙玲打算喝两杯就回去，此刻却全然没有归家之意。吴灯倩聊起了西方文化的话题，孙玲觉得吴灯倩是一个能理解她的人，于是坦诚地将心中所思考的一切告知于她。吴灯倩听闻后陷入了沉思……

"我甘愿承受同胞的冷眼，承受他们口中的荡妇辱骂，这是对的。因为我是一个自私的人。我为了自己的幸福，跑去和法国人鬼混。"孙玲哽咽道，"但比起这些压力，我在从前生活的地方遭受了来自同胞毁天灭地一般的打击与欺侮。本来以为到一个新的地方能顺风顺水，怎会料到最亲爱的人却也是伤我最深的人……你能理解吗？比起这些没有具体伤害的责骂，我二十多年来承受的切肤之痛才最真实。我无法忍受，所以我要逃离。

"更何况，那些如海市蜃楼般虚无缥缈的原则，是否真的重要到我们应该舍弃身边切切实实的幸福？这些原则是谁制定的？是——我是在用洋人的东西，但我只是在追求属于自己的生活，怎么就被我一直认为最能理解自己的爱人骂成卖国贼了？我是自私，但我不是卖国！我实在无法为那精神上轻得不能再轻的所谓'原则'，抛弃我这肉体平凡一生最重要的幸福和自由。"

吴灯倩听后，许久没有反应，隔了一阵子才重重地点头，仅仅说出四个字："我理解你。"

"你说你是演员。虽然我没有听说过你，但我总觉得你始终会出名，会发光。而我这个人已经烂了——被世俗的中国人定义的'烂'——因此，丈夫给我的这只手镯不配再戴在我的手腕上。"孙玲以不舍的目光凝望着手镯，但除下手镯的手却非常果断，"在我看来，这只手镯代表着中国人屹立不倒的坚忍，而我并没有那么高尚，因我得不到世人的认可。虽然我们只是萍水相逢，或许从此就不再相遇，但我仍然想将手镯送给与我有缘的你，若你不嫌弃的话。至于它之后何去何从，能留下什么历史意义，就由你来续写吧。"

"这话说得可真大，就像加冕啥似的。"

孙玲扑哧笑了出来："说完话的那一刹那我也觉得，希望这不会给你造成什么负担。"

吴灯倩接过手镯，孙玲帮她戴上。

**"哟，挺合适的嘛，就好像它也是专门为你雕琢的。"**

这就是孙玲与吴灯倩短暂一遇的故事……

不久后，孙玲重遇了十一路。

若不是他主动说出自己的身份，孙玲差点都忘了还有这样一个人的存在。

原来十一路退伍之后就回到了上海，打算向孙玲求婚。

孙玲感到相当滑稽，没想到曾经的一个小混混儿竟然如此长情，被自己一时的欺骗所糊弄。

不过，自己不也是因为一时糊涂而误了半辈子吗……虽处境不同，但本质上他们都是一类人。孙玲望着眼前的十一路，觉得正在照一面镜子，镜子中的自己既可怜又悲哀。孙玲决定对十一路坦白当年的真相，希望他能重新找寻未来生活的方向。

"对不起，十一路。其实我从来没有喜欢过你，当时只是因为我害怕你会对我爸妈报复，所以我才假装对你有好感。现在看到你不再是青帮的人，我终于可以对你说出真相，心里也舒服多了。"孙玲淡淡地安慰着眼前的十一路。

十一路听到真相之后，整张脸都黑了，泪水在眼眶里打转，嘴角颤抖着，仿佛一个无法讨到糖果的小孩。他撒野般转身跑开，孙玲没有任何挽留之意，只是衷心希望他能尽快忘掉不值得去爱的自己，去找一个能真心相爱的女孩子。

孙玲与十一路的短暂重逢便是如此。但孙玲到死都不知道，这一场见面对十一路造成了多么大的影响……不过这就是后话了。

孙玲将自己的幸福摆在第一位。"幸福"包含很多意思，而对孙玲来说，它是围绕着自由而生。所以即便马歇尔是中国人的敌人，她也选择与马歇尔相伴。

但她并不爱马歇尔——她从未对马歇尔有过任何感情，她的真爱永远只属于江平——而她在马歇尔处获得的幸福，一直都是自己给自己的，是马歇尔所处的阶层、圈子给了她追逐内心幸福的可能。但与心爱的江平在一起，她却看不到半点可能……

分开的前一晚，孙玲与江平翻云覆雨。无意间，孙玲望到孤零零躺在地上的胭脂盒，那是一个由法国制造的红色外壳的胭脂盒，上面的裂纹与脏污见证了她与江平的决裂。

孙玲一直在悲伤哭泣，未曾停止。

隔天，她留下所有财物，只带走那一个孤零零的胭脂盒。

这是孙玲人生中最悲恸的第二次离别。

1927年的年中，已搬离静安寺路的黄雪唯收到了孙玲的来信。孙玲的信就如伴随黄雪唯度过青春期的香水，只要稍微一接触便顿时撬开她记忆的大门，曾经美好的回忆如浪潮般急涌而来。

而在信中，黄雪唯才得知孙玲如今竟与法国人马歇尔重新组成了家庭。

两人约见于飞达咖啡馆。孙玲看到黄雪唯，那眉毛便如兔子般灵动地跳动着，她露出灿烂的笑容，牙齿在深红的唇色映衬下显得整齐而白净，笑到连牙龈都在彰显自己的健康状态。黄雪唯的注意力全被她的笑容所吸引,望着她眯成月牙的笑眼——这笑许久不见,却发自真心——对她近期的生活状态顿时明了,她必定是活在幸福当中。

但对于她的外表,黄雪唯却感觉到一种令人恍惚的陌生感。

此刻,她身穿墨绿色的绣花旗袍,外面披着一件云裳公司最新款的冬大衣,脸上施着西洋粉黛,浑身上下洋溢着妩媚的气息。她手中潇洒地夹着一支香烟,坐下后便将香烟熄灭在烟灰缸中。

孙玲变化很大,例如她从不曾有妩媚的气质,也从来不吸烟,如今却熟练地操弄着香烟,指尖散发着一股性的诱惑。

黄雪唯望着眼前熟悉又陌生的孙玲,仔细观察着她身上每一寸露出的肌肤,渴望穿过一层层的粉黛找寻曾经的影子,但观察到的,却是大大小小被遮掩的瘀青。

叙了几句旧,黄雪唯终于忍不住问出口:

"孙平姐,容我问个问题……那个法国男人,他打你了吗?"

孙玲放下手中的叉子,举起红茶杯,抿了一口。

"我以为遮得已经很好了,没想到还是被你注意到了,看来回去之后要多涂几层才行。"

"我只想问,为什么?"

"雪唯,其实很简单,因为自由,因为我能追寻自己的幸福。但是和江王令在一起,我的生活只有禁锢,甚至连我自己都没办法去替自己追求幸福。"

"即便这个法国男人打你?"

"他不仅打我,而且还很看不起中国人。"

"所以我不理解——"

"你不需要理解,我希望你永远都不要理解。"孙玲身子前倾,用双手包裹着黄雪唯的双手,注视着她,诚恳地说道,"这代表你生活在自由和幸福之中。"

"那你知道他和步间风是合伙关系吗?"

"我知道。但那是他的事情,我从不干涉。而在我的立场上,我也绝对不会去见步间风。"

"你的立场……你还有立场?!我以前只是稍微跟你提起青帮和流氓这两个词,你的脸色就比现在的天色还要黑。你可记得当时你是怎么吼我的?"

"雪唯,我从未忘记过和你的点点滴滴。"孙玲握住黄雪唯的手。

"我甚至不知道你在搬来之前和青帮流氓到底发生过什么。"

"不需要知道,你只要知道我现在过得很好,而我也知道你过得很好,就足够了。"

"那你还爱他吗?"

"'他'指的是谁?如果是马歇尔,我可以明确说并不爱。如果是江王令,我也可以明确说,我这一辈子只爱他。爱是深刻,也是长久,但并不代表能在一起生活。有些事情,有些原则,比爱情更重要。在原则面前,谈情只显得荒谬。为爱情认命,或因信念分开,如无法兼顾,我选择后者。"

黄雪唯不停地摇头,她从不相信夫妻之间有什么是爱无法解决的,更不相信有什么比爱更重要。一切都只是借口。这一刻,黄雪唯更加感觉到两人之间的隔阂,她们已经越来越远。隔阂的形成或许并非在这两个月,而是更早之前。

眼前名贵的咖啡在黄雪唯的口中开始渗出酸涩的味道。

而孙玲生动地诉说着自己的生活细节,沉醉在自己的分享中。她以为黄雪唯也如她一般沉醉。她开始说着一些黄雪唯听不懂的词,中间夹杂着黄雪唯更不懂的英文。看着她的自说自话,黄雪唯只能客套地附和,装出十分感兴趣的样子,就像不懂得拒绝发放宣传单的小贩一样。黄雪唯心想,当轮到自己说故事时,她也会是这种感受吧?

黄雪唯已经意识到两人之间没有共同话题了。她害怕会出现分歧,所以不如干脆就让这些隐患埋藏在心底吧。

维持这样的距离便好，还能假装分歧不存在，否则只会换来失望。

夜里回到家，黄雪唯对影自问：孙平的选择为何动摇了她们的情谊？黄雪唯认为是她变了，她变成了自己无法理解，甚至有些反感的样子。

但讽刺的是，当黄雪唯有了这样的想法，却也印证了孙玲说的那番话——相爱的人之间总有些事情比爱恨更加重要，不是吗？当黄雪唯开始滋生不想接受的意识的同时，也就理解了她的话。

这赤裸裸的现实就像伤口结的痂，无意中划过墙角被狠狠地扯开，伤口重新裂开，令她痛苦不堪。

自此，两人渐行渐远，偶有的联系也只是表面客气的节日问候。

不过，黄雪唯心中依然保留着对她的思念。真的也好，假的也罢。终于，黄雪唯接受了一个事实：这份思念与孙平无关。


江平的父亲被人杀了。

十一路行刺马歇尔探长的事情引发了巨大的风波。马歇尔认出他曾是青帮的人，遂责令步间风对青帮内部大加整顿。这两三年，步间风加强了鸦片的贩卖与赌场的经营，来进一步控制上海的经济。

1927年，上海爆发军队复员潮，军人一下子找不到正经工作，致使社会出现了犯罪狂潮。江平的父亲在华界因被抢劫致死。

抢劫犯是一位没有工作，且因鸦片价钱突涨而没法买鸦片的复员士兵。

由于特别区制度，士兵及时逃去了租界，从而华界警察无法对其进行抓捕。

明明仇人就在眼前，却束手无策，只能任其逍遥法外。江平的母亲后来也郁郁而终了……


1929年4月1日，步间风邀请法租界探长马歇尔来步宅，交流关于鸦片贩卖与赌场经营的问题。

20世纪20年代,上海汽车数量迅速增长,但交通规则并不完善,行人根本不重视,因此除了绑票和持械抢劫,租界百姓生活中还遭受着来自交通事故的新威胁。

上海公安局决心整饬混乱的交通状况,到1929年,华界警察不仅阻止和扣留没有证件进入华界的汽车,还经常向英法租界当局抱怨持有执照的人不守规矩。

华界警察推行交通法规限制了外国人的出入,这在西方人看来是中国人恶意排外,以达到将西方人彻底赶出租界的目的。因此,当时的处长决定重新组织一支庞大警力,目的就是通过对抗华界公安局制定的交通法规,以此来稳定租界控制权。

中午12时45分,马歇尔临时被要求迅速返回巡捕房,执行增加人力的公事。

步间风下午约了吴灯情见面,无法亲自送马歇尔,便让顾利力代劳。

然而途中经过一处偏僻的巷子,顾利力不小心撞到了一个抱着婴儿突然跑出来的女人。顾利力当然不可能认不出,这是马歇尔的妻子孙平!

这……简直是造化弄人!他首先害怕被后座的马歇尔发现。但幸好,由于车窗与帘子的遮挡,以及马歇尔的不以为意,被他以"只是撞到了一条小狗"敷衍过去。马歇尔当时只想赶快回到巡捕房,对此漠不关心。

马歇尔到达巡捕房后,顾利力连忙驾车返回现场,发现尸体仍在原处,周遭空无一人。顾利力心想,这虽是天意弄人,却也是天助我也,连忙将孙平与婴儿的尸体塞进后备箱中,载回了大宅。由于车子有明显的撞击痕迹,在步间风的严厉质问下,顾利力不得已只好坦白一切。

"你这蠢货!你……你居然能在马歇尔面前,把他老婆撞死!"

"并不是在他面前,马歇尔探长对此事毫不知情。"

"你这蠢货!"

顾利力从未见过步间风如此愤怒，就像一头鼻子里不断喷出怒气的公牛般，他紧握拳头，嘴里不断吐出污言秽语，眼睛里冒着想要生剥顾利力的烈焰。

伊伊察觉此事，连忙借妻子的身份，为管家求情。

步间风似乎想通了什么，变脸般眯起眼缝，露出狡黠的神色，用奸诈阴险的语气说道：

"算了，人死不能复生，继续责怪你也于事无补。事实上，你当时的处理是正确的，就不应该让法国佬知道，否则……呵呵，就想办法瞒过去吧……"

于是，两人到车库商量处理方法。

"我们合力将孙平与婴儿的尸体搬到地牢的隔间里。外人根本不知道地牢的存在，女佣也无法打开隔间，所以放在那里肯定安全。过些日子，你再把白骨处理掉就行了。"

安置好尸体之后，步间风让顾利力冲刷车身，以免留下痕迹。

隔天，伊伊在私下里找到顾利力，提议将此事告知江王令，借刀杀人，教唆对方复仇。这样一来，二人还能联合步间云顺利继承步家的财产。


江平对孙玲的爱从未变过。但令人唏嘘的是，正因这份从未变过的爱，他们才分开了。

当他从伊伊口中得知孙玲临死前身上还一直带着破碎的胭脂盒时，心中对孙玲的愧疚就如地板上一摊凝聚的水被扫开，占据了内心的每一个角落。但如今阴阳相隔，已经无法去弥补什么了，只能将恨意转移至步间风身上。

然而他考虑到曾帮孙玲杀死地痞头目，过后大费周章才能避人耳目。现在带着两人的儿子生活稳定，万一遭遇不测，那便是自私的行为，他就彻底无颜面对孙玲了。再说，父母的先后离世对他的打击甚大，他愈发感到生命无常而脆弱，如今又有儿子这一牵挂，他更不想再冒险了。

同年年末，江平转行做商人，赶上了好时势，加之得到那位"贵人"的再次帮助，他成为数家钱庄的掌门人。此时，他与步间风是竞争对手。**江平得到了"贵人"提供的不少关于步家的内幕信息，对方希望他能借着生意上的机会接触步家，取代步家在经济上的控制。**

充斥在江平脑海里的却是另外一件事……经济什么的他并不在乎，归根结底还是希望找一个好机会为孙玲报仇。现在他意识到，虽无法直接杀死对方，却能在商业上进行反击。

1933年，江平与22岁的艾文相识并产生好感。可江平始终不敢与艾文有进一步的发展，因为孙玲的事情始终是他的心结——

"虽然包容与改变或许并没那么难，但正是因为我当初遵从了自己的内心，现在才如此愧疚。我甚至始终无法搞清楚，这一切究竟是谁的错。"

这几年，江平看到了时代发展的趋势，看见周遭越来越多的青年人创造并跟随着新式潮流，这在一定程度上令他开始沉下心来反思自己曾经对孙玲的态度是否有错。但他一直找不出问题的根源，他不停地挖，却始终挖不出深藏在思想深处、早已与肉身与灵魂融为一体的本质观念。所以面对艾文，他害怕最终还是会伤害到对方。

但江平起码知道想办法为孙玲复仇必定是正确的。在与步间云合作的同时，他暗中独自拼命调查，想挖到步间风更确凿的犯罪证据，令步间风身败名裂。

1935年3月，儿子因霍乱身亡，江平的生意也一落千丈，终究失去了与步间风较量的资格。曾经向江平提供内幕消息的"贵人"早已逝世，这段时间负责与江平保持私下联络的是对方的"接班人"，他们互相有过交集。但"接班人"看到眼下的状况，怒其不争，也不再将取代步家的希望寄托在江平身上。

江平的世界已经什么都没有了，内心唯一渴望的就只有复仇。根据长期的调查，他确定步间风将于4月1日独自前往鸦片走私的仓库，认为这是一个揭发步间风的好时机。江平知道这是一场冒险，但那又如何？他已是孤家寡人，还有什么值得留恋的呢？继而，他又想起抛弃了自己的"接班人"。自己可真失败，所有人都嫌弃他，离他远去，而他竟还弄不清问题到底出在哪里……江平一向过剩的自尊心无法接受这一现实。到了这步田地，他起码得为逝去的爱人勇敢一次，以此证明自己还算是一个有用的、应该被人看得起的男人。

江平独自深入虎穴暗中调查，结果不幸越陷越深，最终在广东路一命呜呼。

江平这一不速之客令步间风乱了阵脚。但后者迅速随机应变，联同马歇尔探长扭转乾坤，将走私鸦片的罪名嫁祸给江平。他们派出卢在石引导舆论风向、伪造证据……同时，"东方福尔摩斯"霍森亲自出面，咬定江王令就是鸦片走私案的主谋，民众自然无比信服。本来经历了"一·二八事变"的步间风已经摇身一变成了爱国英雄，而此事之后，步间风更是得到外界纷纷称赞，各种小报大肆报道他帮助上海警察捣毁鸦片走私窝点的事迹，于是声望日隆。

江平到死也不会想到，身败名裂的竟是他自己。

**未到下一轮，请勿翻开下一页！**

# 吴灯倩的往事

## 神女

吴灯倩出生于 1903 年，家人在她六岁时带着她来上海谋生，岂料上岸时钱财却被洗劫一空，一家人只能住在全上海最贫穷的药水弄苟且度日。幸亏吴灯倩从小就长得漂亮，从十一岁开始就去接了各种小型广告，以此来养家糊口。

1925 年，她在赶往片场途中与野鸡车车夫李约结识，两人遂坠入爱河，然而初恋最终只是平淡收场。

1926 年初，吴灯倩得到罗思思妈妈的赏识，正式成为电影演员。这时恰逢左翼电影与右翼电影的冲突时期，加之电影业逐渐受到洋人操控，保守求稳的罗思思爸爸为了家庭的稳定，不提倡拍摄针砭时弊、宣扬进步思想的电影，而是转向迎合西方风气的故事题材。

吴灯倩对自己至今所见所闻充满敏感而细腻的思考，她一直认为电影对中国人是有影响力的，作为一名电影演员有责任通过电影去重振中国人的士气，而不该任由西方文化软性渗入到中国人的思想中。这促使吴灯倩强烈地反对罗思思爸爸的拍摄方向。而她作为新晋女演员，这种过于倔强与张扬的个性也招惹了同僚的打压与排挤，不但戏份大幅减少，就连工资也被大大地削减。

这时期的电影女星正常月收入是三四十元，而这是不统计电影拍摄获得的酬劳。若参加电影拍摄还会获得数百元的酬劳，最顶级的甚至能赚到四百多元。鲁迅先生当时在北大做教授也不过每月三百元工资。

可是，吴灯倩辛辛苦苦、全心全意拍戏，每个月的工资只有四五十元罢了。

"妈妈，为什么不捧吴灯倩，要去捧其他那些人啊？我看她们也没吴灯倩演得好啊，而且观众现在不是都在讨论吴灯倩嘛，都愿意去看她的电影。"一直在旁观察着吴灯倩却不谙世事的罗思思天真地向妈妈问道。

"嘿，瞧你这眼神，和你娘我真是一致！我也特别欣赏吴灯倩那女孩儿，她拍的电影确实是越来越多人喜欢了。"妈妈笑着抚摸罗思思的头顶，但马上脸色又阴沉下来，"可是啊，你爸……"

"果然又是我爸，我就知道他总捣乱。"

"有些事情你现在还小，不懂，其实也不能怪老爸。他为了这个家付出了非常多，如果没有他就不可能有现在的你，有比大多数孩子都要更好的生活环境。要让你享受到这些，爸爸在很多事情上才迫不得已去妥协的。"

"我不懂，反正我就觉得吴灯倩演得好，她一个月才拿那么点钱，我觉得非常不公平！学堂里的老师教我们，这个世界什么事都要公平，那爸爸明显就是错的。难道等我长大之后，我就知道这个世界是不公平的吗？如果是这样那为什么老师现在要跟我们说这个世界是公平的呢？"

罗思思一口气将所有心里话都吐了出来，而妈妈没有回应，只是继续抚摸着女儿的头顶，这次的力度显然比刚才要小。

后来，罗思思在夜里听到妈妈和爸爸悄悄地谈话。

"孩子问为什么不捧吴灯倩。"

"你又拿思思出头。明明是你自己这么想，别总是拿思思来当盾牌。"

"我说，该收起你那保守思想，看看年轻人都爱看什么，或者说都要看什么，应该看什么。多考虑考虑未来！"

"未来的事未来再说。"

"你总是这样，然后不了了之。"

"那要不你去应付那些洋鬼子？拍左翼电影，行，把这栋房子卖了，去住里弄，天天和那些长舌邻居做伴，你乐意吗？你要说未来是吧？我看到的未来形势，就是洋鬼子逐渐占有我们电影市场的话语权。难道我现在不让你拍吗，我没让那个固执的吴灯倩开工吗？我还是那句话，没大局观的人是你！"

罗思思家的争吵总是以作为一家之主的父亲甩下一句蛮横的话结束。

吴灯倩自然是感到极为憋屈的，可她不容许自己表现出来。她始终以倔强的嘴角和锐利的眼神示人，工作时却从不偷懒，像是任劳任怨，同时又并不妥协。

后来吴灯倩在闸北遭遇十一路袭击，面对男性压倒性的侵犯，她束手无策，岂料眼前的这个男人突然停下了动作，伏在吴灯倩的胸前不停哭泣，就像一个渴望着母亲怀抱的婴儿一般……吴灯倩明明可以趁机逃走，却没有这么做。那一刻，吴灯倩突然与他共情了，不知是何来由，反正她突然发觉眼前这个男人不过也是一个被这吃人的社会逼上绝路的可怜人罢了。同时她又心生一股羡慕之情，羡慕眼前这个意欲侵犯自己的人能尽情地伏在一个陌生人的怀里哭泣。而她并不能，她没有哭泣的资格，只有永远逞强地去面对一切。

虽然不知道十一路为何踏上这条路，但她并没有开口询问，她不忍打断这场宣泄。

隔天，有人来片场替十一路道歉，并邀请吴灯倩去家里做客。从来人的口中，她了解到关于十一路的一切，唏嘘不已，**同时对来人长期背负的复杂责任感由衷钦佩，这份情绪如此真切不虚——过去只身一人，常怀疑自己靠倔强坚持的种种是否值得，那么此刻得到了同行者的印证，她便更加执信。**

无法想象，因十一路而结下的奇妙缘分竟支撑住了原本塌陷的生活。

1926年9月30日，十一路因袭击马歇尔而被杀，吴灯倩刚好路过。当十一路手执匕首如以卵击石般刺向马歇尔时，吴灯倩从他的眼里看到了怜悯、悲愤，以及迫不得已。而直到头颅掉下，死不瞑目的他神情依旧定格在已经将一切置之度外的安定中。

"这个人或许就是不那么倔强，却又不服输的我吧。又或者是在另一个领域更加勇敢的我……"呆望着那圆滚滚的头颅，吴灯倩心想。

她听到周遭围观的人们议论着十一路，他们说这是愚蠢的行为。显然十一路的行为并没有让国人觉醒，反倒是他的下场震慑住了在场的每一个中国人，让大家看到对侵略者、殖民者、压迫者反抗的结果就只能落得一刀毙命。

只有吴灯倩坚持认为十一路是勇敢的。她望见地上那把十一路的匕首，随手拾起放入口袋。说实话，她也不知道自己为何要将这匕首捡起来，但身体就是如此冲动。

有人认出了捡走匕首的吴灯倩，连忙上前询问。吴灯倩没想到会在这种时刻与人面对面，聊了几句，随口将曾经了解到的关于十一路的一切告知对方。看着对方面容扭曲的样子，吴灯倩只得低喃一句，安慰道："他是个好人。"

后来吴灯倩想想也忍不住自嘲，竟然因为从旁人那里听来的故事就将一个差点侵犯了自己，实际上也抢走了两元钱的强盗称为"好人"。

但是十一路的死让吴灯倩看到了赤子之心在乱世中的无助，也看到了中国人心中那渐渐熄灭的光。这让她意识到单凭武力没法解决问题。她知道自己的使命是拍电影，这更加激发了她想通过电影改变社会与国家的决心。

10月，吴灯倩独自在飞达咖啡馆遇见了孙玲。孙玲的话进一步启发她要辩证地看待传统文化与外来文化的关系，并加深了作为电影人的责任感，愈发强烈地认为自己应该作为仍保留血性与良知的中国人的发声筒，通过电影为声音微弱的他们加大分贝。

然而吴灯倩没能等来机会……

1928年，洋人加大通过电影业向中国灌输西方文化的力度，罗思思的爸爸只能命令吴灯倩彻底改变风格向西方潮流靠拢,并且按照西方投资人的要求出演具有侮辱中国色彩的负面角色。

"我不会让洋人玷污我们的电影,更不会让他们通过电影控制我们的思想。"

"这个世道由不得你任性!"罗思思的爸爸怒吼道,他像被红布激怒的公牛喘着粗气,而一旁的罗思思妈妈则眼睛通红,满脸泪痕,一言不发。

"那你愿意拍你就拍去。"

固执的吴灯倩挥舞着双臂,摔门而出。她断然拒绝,不留任何余地。

从此,吴灯倩的事业陷入了最低潮,她没有任何戏可拍。家里的积蓄逐渐花光,住在棚户区的父母迫不得已重新出去找工作。但是父母一点也没有怨恨吴灯倩,反而以她为傲。

1929年,吴灯倩的父亲被害……

此后,吴灯倩一直在寻找父亲的尸体,却苦寻未果。

母亲坚强地活着,做着女儿坚强的后盾,令吴灯倩还有继续活下去的希望,不至于对生活完全丧失斗志。

然而事业低潮与亲人被害的双重打击令吴灯倩的人生顿时暗无天日。她找不到活下去的意义,每天就是呆望着夕阳,无所事事地等待着朝阳。没有人知道她是如何度过那一年的。但吴灯倩天生就是坚忍的、不屈的,老天不会让她那么轻易倒下。凤凰浴火,涅槃重生。她并没有意识到自己的内心住着一只正经历着战争的顽强的凤凰,她只是在某一刻突然产生一个念头:今后若没有光亮照耀着道路,那么就凭借清澈的目光去照亮未来,凭借坚定的步伐去开辟一切。

吴灯倩痛醒了,她看到了天空中闪耀的繁星。

但从此,她也不得不靠安眠药才能入睡。


1930年是吴灯倩人生的转折点……

罗思思的妈妈为吴灯倩找来了一个"替身"。由于吴灯倩一直不肯化洋妆穿洋装出演西方风格的电影，电影公司又不愿意失去这棵摇钱树，便专门找来一个化妆后容貌相似，且具备高度可塑性的素人演员顶着吴灯倩的名义，出演吴灯倩不肯扮演的角色。

找替身来代替自己去拍讨好洋人的电影？吴灯倩狠狠地啐了一嘴。

"我不会答应的。"

吴灯倩作势起身离开，而罗思思的爸爸开口了：

"如果你自己不答应上面的要求，那就只有这个方法了。如果你仍旧不答应的话，那就请你去其他的电影公司吧。"罗思思的爸爸顿了一顿，似乎正在犹豫要不要说后面的话，旋即他还是决定说出口，"更何况你会答应回来这里，不就是因为去年那件事导致的吗？你不希望老母亲挨饿，落得和你爸——"

"喂！"罗思思的妈妈立刻喝止。

他意识到自己的失言，咂了咂嘴，换了一种比较温和的语气继续说道："反正你自己看着办吧。我们愿意大幅度提高你的待遇，同时再把另外的那一部分分给你。"

"呵呵。"吴灯倩不屑地笑了，"那你不就等于又压榨别——"

"你可以选择不要。"

"有意思。"

吴灯倩的眼里燃烧着一股火，包裹着她单薄的身子。这股火在之前的吴灯倩身上从未有过半点火花，它炽热、张扬，还带点狂野，与曾经那种低调沉积于心底的自信完全相反。

刚经历过父亲死亡，只能和母亲相依为命的吴灯倩，为了母亲能好好地生活，必须要有收入。

在现实面前，她不得不低头。

在母亲的幸福与健康面前，自己的原则又算得了什么呢？吴灯倩还是高估了自己,她并没有自己想象中的那么伟大与无私。**比起一直坚守的缥缈的原则,自己切切实实渴望的终究还是身边人与眼下的生活。**

吴灯倩妥协了"替身"出演这件事。

吴灯倩十分厌恶这个毫无原则的替身,竟然还来假扮自己,实在是屈辱。而当罗思思的爸爸说会从替身的收入中拿出一部分分给自己时,本来就讨厌压榨的吴灯倩也出于私心接受了这个建议。

第一次相见,替身穿着破烂的布衣,整个人就像流浪汉一般。怎么回事,工作了这么久,她赚的钱不至于连一件衣服都买不起吧?吴灯倩讶异,但马上又被她的眼神所吸引。

吴灯倩发现她的眼神与自己一样坚定,但性质却不同,吴灯倩是倔强,而她是求生,一种随时随地都高涨着的求生欲从她的眼中溢出,极具侵略性,让她看起来像一只野猫。然而再细看又有点不一样,如来自幽冥的鬼火,外在燃烧着旺盛的生命力,内在却是灰暗的,空洞冰冷得离谱。

素颜的替身与吴灯倩毫无相同点,五官平平无奇,身体微微驼背,四肢绵软无力,身材虽然与吴灯倩蛮相似,但整个身姿散发出来的微妙气质导致她与吴灯倩就像是分属两个不同世界的人。

吴灯倩习惯性噘起嘴,懒得理会她,继续做着自己的事情。

但当替身化好了仿妆,仿佛被按下了什么开关似的,她整个人的姿态都有了非常细微的变化,而这变化导致她整个人看起来真如吴灯倩本人无疑。

她的学习能力很强,逐渐就像影子一般掌握了吴灯倩的行为习惯。

——包括倔强地噘嘴。

但,眼神除外。

眼神是吴灯倩与替身最本质的区别。

后来工作疲累时,吴灯倩与替身都彻底放下了防备心,开始交谈起来。聊着聊着,两个人竟也都因对方入了迷。

"我很羡慕你，吴灯倩。"

"有什么好羡慕的？"

"因为你的内心很强大，你知道自己是谁，你知道自己想要什么。"

"难道你不是吗？"

"我就像蒲公英一样，随风摇摆，身不由己。"

"这话怎么说？"

"这话说来话长。"

"哈哈，看来你真的掌握了我的说话风格。"

"我刚刚想到了自己的名字，就叫**吴随影**吧。"

"你之前没有名字的吗？"

说到这个，吴灯倩才想起之前一直都以"替身"来称呼她。

替身苦笑道："没有呢。但我现在决定就这样叫了，跟着你姓，意思是追随着你的影子。"

"你只是在工作上当我的影子而已，没必要连名字都——"

"不是的。"替身斩钉截铁地否定道，"你非常清楚自己活在这个世界上的意义是什么，你有自己的信仰，或者说……你自己就是自己的信仰。你不用急着否认，我看得出来，因为这就是我憧憬却没法变成的模样。"

吴灯倩与替身彼此交心，后来成了真正形影不离的密友，两人事无巨细地将生活的点滴都告知了对方。

往后的两年里，替身饰演着讨好洋人的角色，吴灯倩则有赖于替身的存在，继续与罗思思的妈妈拍着左翼电影。

虽然替身与吴灯倩在身材上有无法调整的些微差距，但由于当时的电影都是**清晰度较低的黑白默片**，所以观众不会察觉出蹊跷。

"吴灯倩"这一名号成为争议最大的存在，但同时这争议也帮"吴灯倩"一跃成为影坛第一巨星。

吴灯倩人生的最后一部电影《女神》在1931年初开机拍摄。电影讲述一位被社会歧视的女性是如何从怀疑自身到一步步确立自信，然后影响国人，领导同胞抗争的故事。它倾注了吴灯倩所有的思想与心血，倾注了她在经历十一路被害、父亲被害之后的一切领悟。拍摄时，吴灯倩甚至戴起了孙玲送给她的手镯——她一直都没忘记孙玲当时的那番话。这次在电影里，她要通过"玉"为中国人的精神赋予象征。只要有了象征，电影传达的思想精神就更能令观众印象深刻。

她坚信，自己一定能通过电影唤醒中国人的斗志，而这部《女神》就是撒手锏！

1932年1月26日，《女神》正式上映。吴灯倩特地约了替身一起去虹口大戏院观看。

"以往你都不看自己的电影，怎么这次这么突然？"替身讶异道。

"因为这次很特殊。"

"别卖关子了。"

"观众只有一个人。"

"什么？"

吴灯倩没有继续回应，只留下一个神秘又得意的微笑。

到戏院后，离电影开场不到十分钟，吴灯倩就离开了座位，偷偷走向银幕的角落处，反过来望向在座的所有观众。

这时对于吴灯倩而言，观众席才是她的银幕，观众才是银幕上的演员，最真实不过的"演员"，而观望着这一切的吴灯倩，就是这场戏的唯一观众。

看看至今为止依然在支持着自己的人们吧……

吴灯倩一直强压着亢奋与焦躁，耐心地期待着在场的六十余人表现出的反应。她以为观众看到自己的无声呐喊至少能有半点动容；看到自己打破银幕的界限望向他们时能有半点共鸣；或者看到自己举着戴手镯的右手时，身子会止不住颤抖；或者看到吴灯倩拿着十一路的匕首刺向扮演青帮成员的演员时，会忍不住拍手叫好；或者看到……看到什么都行，什么都好！

然而出乎意料的是，110分钟电影的最高潮已经过去，观众并没有什么反应。

不——他们当然有反应，但那只是对于"一场好戏"的反应而已，是对艺术方面的反馈，甚至也许只是更肤浅的满足，完全不是吴灯倩想看到的那些反馈。

观众的眼神是麻木的，是无动于衷的，全然不见半点热血。他们纷纷起身离场了，似乎屁股一离开座位，背对银幕，那么电影的故事也就被永远留在虚构的空间之中。因为这不过是娱乐消遣之物罢了。可吴灯倩仍然心怀幼稚的理想，天真地奢望观众能有半点动容！

"这些年我拍电影真的有意义吗？或者我拍得真的足够好吗？曾经有人以他的话肯定了我的信仰。但如今我才发现……"望着观众无聊地伸着懒腰的背影，吴灯倩思索道，"我是我，我也只是我。我可能一直以来只是沉浸在自己的世界中自欺欺人，自我感动罢了。"

吴灯倩是坚强的，却也是脆弱的，遭遇巨大的伤害后她能焕发新生，但轻微的一个眼神或许就会直接刺穿她的心窝。吴灯倩靠着银幕，在片尾的光影闪烁中心灰意冷。

于是当"一·二八事变"爆发后，吴灯倩果断选择了息影，投身于救国运动。

她认为做实事起码能给予她最实际的反馈，能让躁动不安的心获得安宁。

从2月3日开始，吴灯倩到处游说演讲。经历了诸多事情后，吴灯倩已经是一个非常强大的女子，她于畏首畏尾的人群中茕茕独立，光彩夺目，乍看如神像一般。

有赖于她的个人魅力与作为影人的影响力，吴灯倩在团体中具有很高的威望。然而民间学生工人团体有着各方面的不足，恐怕到头来不过以卵击石。苦恼之时，一封来信送达府邸，给出了"建议"，劝吴灯倩主动去拜托"那个人"——青帮老大步间风，请求他出面，号召各界一致对外，调动资金与青帮的力量进行抗日活动……

这要求听起来简直是天方夜谭，但她明白这是合理的。虽然**曾经令她执信的那位"同行者"前辈已在1930年因年老身故，可前辈的养子继承了他的衣钵**，吴灯倩无条件地选择信任对方。信里的"建议"是对的，是有效的；她也确定只要自己主动请求，步间风便会伸出援手，因为信上写了就不会有错——她甚至首先抛却了仇恨，放下了杀父的仇恨。

墙上挂钟的嘀嗒声是房间里唯一的动静，她不经意"唔"了几声，但那也就像喝粥时不小心噎着那般平常。

在她执着的救国运动里，前辈的养子**教会她理性应当高于一切，好的结果永远优于正确的过程**——她将对方看得比自己还重，她以为自己也会是特别的，对方却轻易就能将这段尺度平等地贴在她身上衡量，骤然冷却了心房。

她同意了所有要求，开始提笔写信邀约步间风。

墙上的挂钟依旧机械式地运行着，从未因世间的动荡而有所改变。


吴灯倩与步间风约好在2月6日下午见面。同时，多年未见的李约也联系到吴灯倩，约她在这天相见，有一事相求。

李约在早上来到吴灯倩宅邸。许久不见，两人都有了不小的变化，可眼下情况危急，没时间叙旧。李约开门见山请求吴灯倩帮忙保释他的弟弟李莽。这是她一直深爱的男人的弟弟，无论犯了什么事情都必须帮助他，吴灯倩毫不犹豫就答应了。

下午，步间风终于来了，两人时隔三年再度相见。吴灯倩虽然曾被李约打消了复仇的念头，但这三年来，她每晚都会梦见自己以千万种不同的方式手刃这个男人。杀父仇人就在眼前，他就像当年一样下贱地嗤笑着，露出赤裸裸的挑衅表情。吴灯倩恨不得做点什么，即便是一巴掌扇过去，或一口唾沫吐过去也好。她总得为死去的父亲做些什么，这样才能对得起天地良心。可她什么都不能做，她只能在自己的世界里通过眼泪与呐喊消化掉这冲动。正因为步间风知道她什么都不能做，便更肆无忌惮地嘲讽她。

"怎么，三年过去，你还是对我怀有很大的恨意呀！不过也正常，毕竟爹死了，做子女的肯定心痛。我想起自己的父亲在医院里病逝的时候，也很悔恨自己——"

"够了。我没时间和你在这里瞎扯私人恩怨。"

"噢对，你不说我都忘了今天是来做什么的。孤男寡女共处一室，还以为你回心转意来勾引我呢。"

吴灯倩喘着粗气，握紧拳头，不让自己的心情曝光在这男人的眼前。忍忍就好了，忍忍就好了，这么多年不也都忍过来了吗？

而步间风却得寸进尺，对吴灯倩极尽嘲讽之能事。

"怎么样，你找我有什么事吗？"

"麻烦你帮忙对付日本人。"

"你这态度不像是在求人帮忙啊……"

"拜托你动用青帮的力量，帮帮同胞吧！"

团体中学生与工人那恳切的声音回荡在吴灯倩耳边，冲击着吴灯倩的思绪。

怎么能辜负同胞们？她绝对不能让他们失望！

对不起，爸爸……

吴灯倩咬破嘴唇，血腥味浸满口腔。她彻底收起了自己的尊严，跪在步间风的面前。

"哈哈哈哈哈，哈哈哈哈哈。"步间风狂妄地大笑，装模作样地挤弄出无奈的表情，"说实话，我没想到你会做到这一步。为了那些学生，为了这个国家，竟然可以逼得一个赫赫有名的女人对着她的杀父仇人下跪。唉，这世道到底是怎么了？"

吴灯倩已经懒得再去理会步间风的一切调侃，但她的视线对着熟悉的地板时，心中也不禁哀叹这世道实在是太荒谬，荒谬至极！父亲被眼前人害死，身为女儿竟还得去跪求对方帮忙。而曾经那些都在讨伐步间风的学生、被其鸦片深深伤害的工人，如今竟也因为面对着一个更强大的民族敌人，不得不将希望寄托在他身上。

这一切都太魔幻了，吴灯倩已经彻底分不清楚什么是对，什么是错。她很累，很想直接倒在地板上沉沉睡去，但现在她只能为同胞们的恳求而坚持下去。

"好，我答应你，我会在人手、军火与经济方面支持闸北的抗日活动。为什么不呢？依我看战争不会持续多久，过后我得到的将是更大的利益。其实我早就决定好，只是想看看你能为此付出到什么地步而已。"

"噢对了！"步间风恶作剧般说道，"我还打听到李约打算拜托你去保释他的弟弟，是吗？"

吴灯倩抬起头，好奇这又与他有何关系，难道步间风也愿意出面帮她直接把人弄出来吗？

"呵呵，看你那楚楚可怜的模样，自以为深谙世事，实际上你对这个世界一无所知。那我就再告诉你一个事实吧，关于三年前你父亲死亡的真相。"

如堕地狱一般的打击。

她知道步间风说的是真的，这才能解释多年来一直存在的疑点：自己父亲的尸体为何突然消失不见，而李约又为何一直劝她不要去找步间风对峙。

李莽才是杀父仇人。

李约一直都知道。

李约还帮李莽掩盖了真相。

李约甚至利用自己去保释杀父仇人。

而自己竟然还因为对李约的爱而答应了，还极力地分担着他的痛苦。

——比堕入地狱更加残忍的打击。

"没其他事情的话我就走了，明天我会与军队联系的。"

轻描淡写留下这句话，步间风便大摇大摆地离开了。而吴灯倩仍然维持着原来跪地的动作，僵在原地。

很痛。心如刀割。伤口涌出悲凉的血，溅透胸腔。吴灯倩在克制，她还是在凭借着过去对信仰的坚持使劲地压抑着血的喷涌。但不够。于是她忆起"同行者"写给自己的那封信，她努力说服自己的确应该抛弃掉无谓而狭隘的个人情感，那不过如蚊叮蚤咬，岂能比肩大义之举。她过去就是凭着这股信念走过来的，可是这股信念从未曾为心脏注入过鲜红的热血。父亲、母亲、爱人、朋友、面包、学堂、飞雪、棉被、性冲动……所有生活的琐碎都被她亲手埋葬了，她以为这些早已被舍弃，怎知都如混凝土般盖住了骨髓，但此刻她意识到它们依旧存在。血净了，心脏被掏空了，而那些伟大的艺术、信念、觉醒、国家、革命、演讲从来不在这里面。吴灯倩终于不得不扪心自问——

"我到底是谁？"

二十多年来，吴灯倩以为自己非常清楚自己是谁，但到了这一刻，她发觉不认识自己了。灵魂如水银泻地，瓦解着这具躯壳，吴灯倩的大脑终于空空如也。

父亲死亡的真相成为压垮吴灯倩的那一片雪花。

她彻底绝望了，她承认自己的倔强已经一败涂地。二十多年来对这世界的一切认知瞬时在混乱中崩塌，理智尽失，她的本能开始往极端的另一方向奔去。

关关难过关关过的吴灯倩，过不了今天的这一关。

她做出了一个决定。做完决定之后，一切尘埃落定，她的灵魂反而获得了完完全全的安稳。脑海空空荡荡，却找回了绝对的清醒与理智，仿佛自己的身体与这世界隔着一堵无形的墙，感官只感受着自身，离这世界的光影越来越远，一切纷扰都不再与她有关。

"是的，这才是我。"

吴灯倩起身，点燃了一根烟，就着妈妈留下的粥，吞下了大量安眠药。然后提笔写下了她最后的文字：

明天 2 月 7 日，就是我吴灯倩在白渡桥进行正式大演讲的重要日子。但我无法出席了。

我对不起所有对我抱有期待的同胞，因我不过是一个自私的人，一个彻头彻尾地活在自私与虚伪中的人。在我的人生中，大部分时间总是说着什么意义，什么信仰。在我孤身一人的时候，我就是凭借着这些空泛的概念支撑着人生。可这一生中有些事情反反复复让我体会到，这些都趋近于虚无。身边亲爱的人带给我的一切快乐与痛苦，都是实实在在的，是切肤切骨的，是无法避开的。相比起来，什么国家，什么同胞，对我来说都太大了。

于是，直至现在我才意识到，我做的一切事情本质上只是希望换来心灵的安定，不过是自我感动。虽然明天还有更重要的事情等着我去完成，但我真的无法过完今天。走不到明天的吴灯倩，才是真正的吴灯倩。

必须要对敬爱的同行者说对不起。让您失望了，我终究是高估了自己，未能承担起这份重量，没法走完这条道路，希望我求来的步间风的力量能在我离去后贡献出应有的助力。

妈妈，对不起，请容许我不辞而别，我为你留下的钱应该足够了，但请别忘了喂阁楼的狗狗小黄,别让它知道我先一步离开。

吴灯倩写完这封信后,顿了顿,又提笔写下了另一封信。

  我不知道是谁会先发现我的遗体。大概是随影吧?我不希望是思思。我与她曾约好今天一起去放风筝,现在却不得不爽约了。她年纪还小,我不希望是她发现我。随影你应该会早早来到这里,你的习惯就是这样,我很了解。请你原谅我不能再与你通宵谈心了。

  今后你不用再模仿我了,你完全可以随心所欲地做自己,可不要浪费你天生就拥有的顽强生命力。你的名字叫"吴随影",你并非跟随着我的影子,你就是你自己——吴随影。

吴灯倩捏着笔,思索片刻,她觉得自己应该还要写点什么,心里应该还有什么想写,但她终于还是在写下"1932年2月6日,吴灯倩绝笔"后便果断搁笔了。

她躺回床上,聆听着自己的心跳与呼吸,徐徐入睡,终年29岁。

**未到下一轮,请勿翻开下一页!**

# 吴随影的往事

## 名字

吴随影——她直到27岁才拥有自己的名字,不过为了方便,故事从头就这么称呼这位女子吧。

吴随影出生于1903年,但她自己当然不知道了……吴随影一睁眼就躺在棚户区的垃圾堆中,人生的初始记忆就是拍打在脸上的冰冷雨水,以及在雨水滴答间冲入鼻腔的腐臭味。

父母生下她之后就不知所终了,或许是遗弃,或许是身故,无人知道真相为何。而她就像上天随手施舍于人间的孩子,倒也命大,在贫民窟中磕磕碰碰竟也活到两位数的年纪。

她身躯小小的,如野孩子一般在贫民窟里流浪,从未受过什么教育与呵护,骨子里却潜藏着一股气焰,似乎天生就拥有着极强的求生意志。她有着敏锐的嗅觉,总能发现赖以生存的食物,凭借坚忍而果断的本能觅食。

因此,她也不可避免地惹来周遭小孩的欺负。

但她也聪明,被欺负数次之后就自行领悟到若被集体欺负,只要在一人身上先来个下马威,其他人也就不太敢上前了。于是当迎来巴掌时她便顺势死死地咬住那出头鸟的中指……

这一举动有效地震慑了欺负她的孩子,但他们没有就此罢休。

在一个雨夜,十七岁的吴随影因寡不敌众而倒下。与滂沱大雨呼应的拳头落在她的眼睛、鼻梁、脸颊、太阳穴。她的意识逐渐消散,以为自己会就此死去。可当再次因痛楚而苏醒时,她才发现自己被人救回了家。

正在为她擦拭伤口的,是李菲的奶奶。

她从未真正进过别人家，此刻却躺在席子上，身上盖着被子，陌生的环境令她大脑的警报立刻响起。她蹦了起来，强压着身体的伤痛，紧绷着身体，以对抗的姿势朝向李奶奶。

从小就成长于恶劣的野生环境下，遭受着旁人各种邪恶念头侵袭的吴随影完全不信任自己的救命恩人。她认为对方必定别有所图。李菲奶奶好言相劝，吴随影却趁机去偷她的食物，这时转眼才注意到棚户角落的李菲。那时的李菲还只是一个婴儿，正在咿咿呀呀地叫着，手舞足蹈地感受着这个世界。

吴随影忽然停下了动作。

李菲是犹如新奇事物一般的存在。吴随影从未曾见过如此单纯而清澈的双眼，也不曾相信世界上有如此洁净可爱的面容。人与人之间有时就像存在某种魔力，明明没做什么特别的事，但存在本身就已经足够特别，在某一刻便突然牵引了彼此，像上天连接的红线一般结成了羁绊。李菲激发了吴随影内心中潜藏着的爱护之心，如一块抹布擦去了她与世界之间隔着的窗户上的灰尘。吴随影的心头充斥着保护李菲的渴望。

**她忽然意识到，自己从有意识开始便只是为了活着而活着，遵从着生命的本能，却从未思考过什么"目标"。除了活着本身，活着还有什么意义呢？**

而此刻她找寻到了一种新的意义，那就是要好好地保护这个婴儿。

吴随影接受了李菲奶奶的收养，从此她们成了相依为命的一家人。

当李菲逐渐长大，而奶奶逐渐老去，吴随影也必须要外出打工以支撑家人的生活。这是她第一次离开贫民窟，才知道原来上海是如此之大，而自己生活的世界不过是冰山一角，还是被人厌恶的垃圾堆。

外出工作就意味着不能随时保护李菲与奶奶。每当她下班回家看到李菲身上的伤痕，就想起当初进入这个家的初心，继而非常自责。可如果终日陪在家人身旁，那就意味着失去任何收入来源……面对不断恶化的两难境地，吴随影下定决心要带李菲与奶奶离开这个地方，去真正的上海生活！

1930年，吴随影被罗思思的母亲挖掘，成了吴灯倩的替身。

虽然并不知道自己到底要干什么，但她听到有丰厚的工资便毫不犹豫地答应了。吴随影发现这家电影公司特别在乎自己，尤其是那位老板娘更是迫切希望吴随影能答应她的邀约。机灵的吴随影进一步要求老板娘先给她预支半年的工资。吴随影以为对方会讨价还价，岂料对方一口答应了。

原来在自己眼里如千金重的半年工资，在他们看来不过是日常零花钱罢了——这都是吴随影后来才发现的事情。

得到了一笔钱，吴随影赶紧寄回家里，成功帮李菲与奶奶离开了贫民窟，去了安稳的里弄重新生活。

预支半年工资的代价是如牛马一般不停地工作，她被要求花极大量的时间去模仿吴灯倩的一举一动、一颦一笑，同时还得磨炼演技，不断适应镜头和走位。她住进公司安排的宿舍。第一次睡在真正的床上，竟有些不习惯。

很快，吴随影就从旁人的流言蜚语与不善的眼光中得知自己为何会被挑中去当替身，知道自己拍的是什么电影，饰演的是什么角色，在观众之间又是怎样的风评。

她不在乎，只要有钱就行。

但在这几个原因的影响下，她没有再回过家了……只是定期寄钱回去，保证李菲与奶奶生活安定便心满意足。

在老板的大宅第一次相见，昏黄的灯光下，吴灯倩那沉稳而锐利的眼神，深深烙印于吴随影的视网膜中。而那一直挑起的嘴角则张扬着自己的倔强。吴随影顿觉眼前这同龄女子并不是一个容易相处的对象。

"灯倩，这就是我跟你说的那个替身。"老板娘搭着你的肩膀介绍道。

"哦,我知道了。"吴灯倩叉起双臂,毫不掩饰对吴随影的藐视。

"之后她都会在你身边学习你的姿态,所以你们要好好相处。"

"学习就是了。"

说罢,吴灯倩转过身,故意不理会吴随影。

接下来的日子里,吴随影无时无刻不在观察吴灯倩,竭尽所能地模仿她。不为别的,她只知道假如自己不能在两个月内按要求成为合格的替身,那么李菲与奶奶就要搬回贫民窟了。

"这孩子学习得倒还挺快,现在已经有模有样了。如果不是那破烂的毛衣,光看背影我都认不出谁和谁。"

"这个世上总是有模仿的天才。"

**"或者并不是什么天才,只是因为她浑身上下没什么属于自己的特征,所以才比较容易被我们塑造。"**

有一天,老板与老板娘看着吴随影在练习室模仿吴灯倩起舞时,说道。

"还记得刚到这里的时候,这小姑娘驼着背,身体绵软无力,整个人毫无精神。虽然说两个人的身形差不多,但气质就差太远了。这东西可不好纠正,但你看她现在已经习惯挺直腰板了。就是这么微妙的变化,整个人看起来都不一样了。"

"话说,她叫什么名字来着,你是不是说过?"

"她没有名字,只是个住在棚户区的孤儿。"

"真可怜,如果不是我们发掘了她,还不知道她现在会是怎样呢……"

老板夫妻庆幸自己能挖到吴随影这一替身。但另一边,吴灯倩本身就对吴随影心怀不满,如今她像跟屁虫一样对自己纠缠不休便更让人厌恶。

"你一个替身,要不要做到这种程度?你让我很火大,你知道吗?"

终于,相处了两周,吴灯倩对吴随影说出了第一句话。而吴随影没有回答,只是不停地揣摩她在骂自己时的语气与神态,甚至还鹦鹉学舌。

"你一个替身,要不要做到这种程度?你让我很火大,你知道吗?"

"东施效颦，不自量力。"

吴灯倩恼羞成怒，怒眼圆睁，吴随影也跟着恼羞成怒，怒眼圆睁。吴灯倩没有办法，只能赌气般愈发在念台词与练舞蹈上用力，而吴随影也都全部跟了下来。

两个月过去，吴随影已经得到了老板与老板娘的认可，进入片场开始顶替吴灯倩的身份拍戏。

可是吴随影在心头一直有个坎儿无法跨过去，那就是她再怎么努力模仿吴灯倩，也无法模仿出她的眼神。

**那是一种自己没有的、不屈而沉稳的眼神，眼神里是坚定的自我，是一种已经强大到在潜意识中将自己的存在当作信仰的坚定**，令吴灯倩那单薄的身躯光是站着一动不动也能让旁人感觉到强大的气场。

在不断了解与模仿的过程中，吴灯倩对吴随影越来越厌恶。而吴随影却相反，她倒是愈发崇拜吴灯倩，甚至在心底里将她当成了自己的偶像。虽然二人出身相似，但现在的吴灯倩完全成了吴随影憧憬渴望却始终无法成为的那种人。

吴随影已经感觉自己平日的一举一动，即使是独处时，即使是不刻意地呼吸也全是吴灯倩的影子。而她对吴灯倩的好感估计是现在唯一剩下能证明吴随影仍是吴随影的证据。但热脸何必贴冷屁股，吴随影自然不可能将心中的好感抒发出来。

死皮赖脸，滴水穿石。终于有一天，她们在身心俱疲的情况下进行了第一次吵架以外的交谈。

"你为什么要拍那种电影，你作为中国人心里就没有半点屈辱感吗？"

"最初的时候我没有想过这些。我只知道如果不这样做就没有钱了。没有钱，收养我的奶奶和妹妹就得回棚户区里住。"

棚户区……吴灯倩这才知道吴随影的出身，她不经意间想到了自己的爸爸妈妈。

"那……何必要这么拼命模仿我？你看你现在，举手投足都真的像是我本人一样，难道你心里真正的自己不会抗拒吗？"

"我从小没有爹娘，我都不知道是怎么长大的。反正从我有记忆开始，我都是凭借着自己的本能去觅食，像只动物一样为了食物而不择手段，然后也没有家，只能在棚户外苟活。虽然侥幸活到今天，但回想起来，我一直都只是为了活着而活着，并没有想过自己为什么而活着。之前我还能说是为了保护收养我的家人，但她们现在已经脱离困境了。而我一个人来到这里，每天不停地学习你的一切，**我也逐渐发现自己就算能因别人的存在而找到活着的意义，但始终找不到因为自己的什么而活着**。这大概就是我能如此彻底模仿你的原因，也是我能赚这笔钱的原因。"

"我还是无法接受一个人把自己活成另一个人。"

"大概我是渴望从你身上激发专属于我本人存在的意义吧。"吴随影也逐渐敞开了心扉，"第一次见到你的眼神，我就知道你是一个很清楚自己为了什么而存在的人。**而迷茫的我想通过模仿你**，去感受一下那种寻找自我的过程，或许这就能帮我找到真正属于自己的存在的意义。"

说到这里，吴随影不禁苦笑，她略带自嘲般继续说道："但矛盾的是，我只是在逐渐变成你，**在寻找自己的道路上逐渐变成一个完全不是自己的人**。我本来想就这么算了，随波逐流也罢，随风飘荡也罢，但我心里还是潜藏着一股不甘。我想这种情绪不过也是因模仿你而产生的，就刻意不去理会。但现在你问起我来，不晓得为何它又让我的心隐隐作痛……"

吴灯倩紧闭嘴唇，没有回应。吴随影当然清楚她不会回答什么，面对无法给予准确答案的问题，吴灯倩宁愿闭口不谈也不愿随便说些什么敷衍过去。

对话就这么突兀地结束了。但从此，吴灯倩不再用凶狠的眼神与语气面对吴随影了。

后来大概是终于知道如何回答,吴灯倩在两人休息时又提起这个话题。

"我从不觉得你是在模仿我，因为我就是我，是不可能被别人模仿的。"

"是的，你当然会这么想。"

"你那觉得自己对我很了解的嘴脸，说实话我到现在还是觉得有点恶心。"

"是的，你当然会这么想。"

吴灯倩顿时猛吸一口气，她握起拳头，但马上又松软下来，恢复温和的语气："但有一点，你一定不知道——那就是你的眼神。"

"什么？"

"你说从第一次见面直到现在都很羡慕我有一种坚定的眼神。但我对你的感觉又何尝不是如此呢？**我第一次见到你的时候，从你的眼里看到了很顽强的求生欲。**虽然这么说有些奇怪，不过确实如此。我没有你那种对生存的渴望。一直以来出于面子和自尊心没有承认，但其实我也有偷偷模仿你的眼神，可我始终模仿不来。"

"那只是一种本能罢了。"

这回轮到吴灯倩苦笑："但生存就是一个人最重要的东西，不是吗？"

"找不到自己生存的意义，那跟行尸走肉没什么区别。"

"**可如果没有生命，又何谈意义呢？我晚上睡觉的时候总是隐隐有一种错觉，就是我可能会很短命。我有很多很多的事情想去完成，但最终可能不会有太多的时间让我去实现。**"

吴随影紧闭嘴唇，没有回答。她宁愿闭口不谈，也不愿随便说些什么敷衍过去。

"一码归一码，我当然还是看不起你拍那些电影，我也没看过你顶着我的身份去拍的那些垃圾片。但你帮你的妹妹与奶奶，你就是一个有用的人，你对得起天地良心。自己问心无愧，便足够了。"

最后，吴灯倩还补充道："你现在不知道自己是谁，但上天给予你的必定有用。你迟早会找到专属于你的'自我'。"

两人成了好朋友。吴随影随即表示要全面了解吴灯倩，因此吴灯倩将自己一路走来的所见所闻尽可能地对吴随影坦白。

　　1932年，吴灯倩毅然放弃拍电影。吴随影跟随着，为吴灯倩的爱国运动出谋划策。

　　然而再怎么熟悉，吴随影也无法预料到2月6日会发生那样的悲剧……

　　吴随影到了现场，望着床上一动不动的身躯，恍惚间甚至错以为是自己死了，而意识正游离于体外漠视着这一切。

　　转眼，同样在现场的罗思思立刻找来父母。可惜吴灯倩的情况太糟糕了，已经回天乏术，大家只能安排后事了。

　　"为什么……为什么！那么坚强沉稳的你，为什么会比我先离开这个世界？！"吴随影无声地呐喊着，埋怨着。

　　"接下来该怎么办？"老板问老板娘。

　　"好好想想怎么发通告吧。"老板娘泣不成声。

　　"不行……不行！绝对不行！"吴随影立刻反驳，这是她第一次反驳两位老板。而正涌上心头的情绪，吴随影已经分辨不出到底是来自吴灯倩，还是真正属于她自己。"必须隐瞒这件事情。吴灯倩明天就要进行演讲了，而且现在是战争的白热期，如果外人发现一个如此有影响力的领袖就这么死去，不但会对吴灯倩的形象造成影响，同时也会大大打击民众的士气。"

　　"那你说怎么办？"

　　吴随影深吸一口气，果断而坚毅地说：

　　**"先把吴灯倩偷偷掩埋，明天由我代她去演讲。"**

　　1932年2月7日。

　　晴朗的天空，骄阳为余冬添上暖意。

　　她站在高台上，化着浓浓的西式妆容，却又身穿中山装，右手腕戴着一只明显不合适的玉手镯。

此刻的她，没有了以往在电影中流露出的温婉知性与文艺气质，取而代之的是锋芒毕露，眼神尽是锐利的寒光，寒光中洋溢着炙热的激情，坚定而自信。原本披肩的长发，现在也高高束起，显得十分干练，似乎随时都在准备殊死相搏。

这场戏终于要开始了。这是**吴随影第一次直接面对观众的戏，也是她演艺生涯里最重要的一场戏。**

她必须饰演好吴灯倩，传承吴灯倩的意志，感染所有她原本想感染的中国人。

白渡桥边聚集了大量的人力车夫与学生，还有不少工厂工人，而上流人士则寥寥无几。这些人都是战争直接或间接的受害者。他们痛恨战争，却又惧怕战争，眼中的不安似乎说明他们正在寻求一处避风港，他们大概也渴望能从眼前这个电影明星的演讲中得到一个肯定的答案。人越来越多，吴随影拿着演讲稿的手在难以控制地颤抖。

不能颤抖，不能颤抖，吴灯倩是不会颤抖的。

"大家好，很感谢大家现在在这里听我说话。我是吴灯倩。许多人是在我拍过的戏中认识我的。大概你们会很奇怪为什么我今天站在这里，做着这样的事情。"

真正开口时，吴随影的声音又渐渐变得低沉。

"我拍戏已经有7年了，这些年我见过很多人，经历了很多事情，其中甚至包括父亲被杀害。我和你们一样也是平凡的中国人，工作完后也会回到家中，回到属于我的药水弄棚户中，煮饭，与家人说话，偶尔承受着邻居的白眼，或者流言蜚语，然后洗澡睡觉。这样的生活日复一日，虽然平凡却也可贵——这在敌人侵略了我们的国家后，我们才意识到。

"看看我们生活的上海的天空，原本该是蓝天白云，现在却只能笼罩在一层灰色的阴霾之下。感受一下生活的环境，尽是一片颓废！我们中国人怎么能忍受自己的意志被这些污垢逐渐消磨殆尽？我知道，我们都痛恨战争，我也知道大家心中积聚着几十年以来对同胞的不信任，因为鸦片，因为内斗，因为压迫，因为官商勾结，因为旧思想和新潮流的矛盾，因为民族传统和洋人文化的冲撞……还有很多很多。我能理解你们的迷茫，因为我也曾迷茫过，不知所措。

"但有一件事我能百分百确认：捍卫自己生存的权利与尊严是永远正确且应当的。

"所以我以为大家会愤怒，会反抗，然而我看到的只有麻木。"

吴随影回想起吴灯倩在虹口大戏院面朝观众的那个眼神。她没有亲身体验过从吴灯倩的视角去看观众的眼神——不，这不需要了——只要看到吴灯倩当时眼里蕴含的失落，她就能想象得出观众的表情。

"我们居然只是让军人同胞孤军奋战，在前线悲愤地呐喊，而我们完全无所谓侵略者是否在践踏我们的尊严。甚至有些人还对侵略者抱有幻想？他们伤害我们的亲人，踩躏我们的身体，控制我们的思想，嘲笑我们的存在，我们作为最基本的'人'又怎么能不愤怒？现在若卑躬屈膝，隔日便成行尸走肉。我们怎么能忍受如行尸走肉一般无意义地苟活？你是怎么忍受的？你是怎么忍受的！"

吴随影已呐喊至此，但国人反抗的苗芽却渐渐枯萎，手中的匕首已经钝化，长出锈斑。形形色色的行人无不顶着惺忪睡眼，如骷髅一般呆望着吴随影，谁也不知道未来他们是否会变成葬身于夜晚无人看管的人力车上的死尸。眼下停滞在此处，或许他们也并不明白这行为的意义。

其中有些人甚至不曾对同胞怀抱希望，却妄想侵略者拯救他们于水深火热之中，对其抱有感激之情，似乎认为在侵略者的统治下并不会过得比现在更糟糕。这一切都无比魔幻，却是赤裸裸的现实。

另外一些人静声寡言，偷偷离去，只求多活一秒。

每个人的反应都有所不同，但无一例外皆是消极的。

已经吼破喉咙的吴随影也有些动摇，她终于切身体会到当时吴灯倩望见的台下观众是怎样的一种眼神了。

是啊……面对那样一种眼神，怎么可能不怀疑自己的坚守呢？

恍惚间，一个明显是学生的女孩挤上前来，大声呐喊，将吴随影的意识拉了回来：

"说了这么久，你还是这些虚无缥缈的话，有什么用？难道你这些道理我们不懂吗？但我们更加清楚的是，反抗只有当炮灰的份儿，只会换来更惨的下场，死无全尸！连自己怎么死的都不知道，死了之后也没人会记得我们！我们也没办法再保护身边重要的人。"

学生的话反倒引起了群众的一片喧哗，群众这才像睡醒了一样交头接耳。

"你一个拍电影的戏子，每个月拿着几百块，根本不了解人间疾苦，又凭什么在这里和我们说这些？站着说话不腰疼！"

这句话惹得群众以一种带有敌意的目光看向吴随影，仿佛她才是中国人的敌人。

人间疾苦吗……

吴随影看着吴灯倩早已准备好的演讲稿。接下来是进一步振奋群众的话。吴灯倩写得非常好，她懂得如何调动听众的情绪。

**但这一刻，就只是一瞬间，是本能的决定——**

吴随影捏皱了手中的讲稿。

她果断地垂下手，将讲稿置于身后，毅然望着刚才反驳自己的学生，缓缓开口。

"我认识一对姓李的兄弟，他们出生在贫民窟。当哥哥的和这里大多数人一样是一名人力车夫。他是一个非常善良诚实的人，从来不懂得欺诈，单纯地对所有人好。但人善被人欺，尤其在这个吃人的年代，因此他被信任的同行集体欺负，被同样迫于生计的老板压榨……"

这不就是李约吗？——听众中有几位人力车夫听到吴随影的描述，顿时想起了自己曾经嘲笑过的同事。那是很多年前的事情了,现在回想起来心里也觉得有些惭愧,当时为什么要嘲笑李约呢?是因为自卑在作祟,还是骨子里单纯的恶?这几位人力车夫并不承认自己是恶人,否则也不会去参加五卅运动。不管如何,如果有机会,他们还是想再见一见李约,当面说声对不起,然后拥他一起去喝酒。还能有这样的机会吗?

对了,这戏子怎么又突然转换了话题,说起她认识的身边人了?

"这个当哥哥的因为信任他人而被辜负,便开始隐忍,什么都不去表达。所以后来遇到了喜爱的女孩,他也因为害怕辜负对方或被对方辜负而不敢再进一步。但即使如此,他依然在坚守着心中那些被大家嘲笑的无用的善良和正直。

"而那个当弟弟的看到哥哥这样子,则选择了自己跳进地狱当恶魔,每日每夜承受着良心的拷问,这也不过是为了让家人能吃上一口饭。"

在场一个小女生想起曾经闯进家中抢劫的男人,当时他手持匕首——不知是故意晃动还是不禁颤抖——哭着威胁她交出手中的馒头。这是女生的姥姥好不容易哀求他人施舍的馒头,但女生更恐惧刀尖。男人拿到馒头后并没有露出得逞的表情,反倒哭得更凄惨了,仿佛被抢走馒头的是他。男人站在原地,将身子转过去又转过来,想走又不走,很是滑稽。最后,男人还是选择将馒头扔回女生手里,啥都没抢就跑掉了。

若没有那个馒头,女生可能就没法活到现在了。若没有那个馒头,劫匪又是否能活到现在呢?或者说,又是否有另外一户更需要食物的人家遭到劫匪的抢夺呢?现在看来,或许大家都不过是被逼无奈的可怜人罢了……

但进一步想,大家都在努力生存,不是吗?

群众心中似乎有了一些波澜,身体却仍然无动于衷。

"我还认识一对青梅竹马的夫妻,他们既可以在最危险的时刻为对方赴死,也可以在最绝望的时刻为对方而坚强地活下来。他们对彼此的真情毋庸置疑，但后来却分开了，很简单也很复杂的原因，是这个乱世造成了他们的矛盾，也因我们生来就不可避免地受到一些思想的影响。可是分开之后，他们各自仍继续思考着自己与这个世界的相处方式。即便有些东西是天生就烙印于骨子里的很难根除，但他们依然会用力思考这一切对错是否就那么理所当然。"

说到这里，吴随影顿了顿，情不自禁闭上双眼，耳边的一切瞬时远去，周遭仿佛化成纯白一片，她知道这是自己创造的世界，正全身心地与被唤醒的意志进行共鸣。

"请原谅我的任性，灯倩姐。我没有按你的稿子去演讲，因为我内心有更想说的话要向大家表达。**这是属于我——吴随影——的想法。**"

每一个毛孔都被鼓动了，她清晰地感觉到自己的生气正从心底苏醒，继而迸发。

随着话语的律动，吴随影感受着猛烈跳动的心脏，感受着热血在体内涌动。

"最后是一个我最熟悉的女生。她没有名字，连父母是谁都不知道，从小无家可归，只能在棚户区摸爬滚打，勉勉强强活了下来。"吴随影一直维持着平淡而沉稳的语调，但却洋溢着浓烈的情感，这是只有足够自信的人才能达到的境界，"她有着极强的求生信念，却像一个空壳子，从不知道为了什么而活着。后来她去拍电影了，模仿着别人，沉醉在一个又一个被观众唾弃的角色中，更加迷失自我。有时她甚至会想，自己平时起床洗漱，吃饭喝水，开心和悲伤，种种真是出自己的意志，而不是被她模仿的人，或者扮演的角色的意志所支配吗？

"终于有那么一刻，她面对着成千上万的观众演讲，再也抑制不住心底那个想表达的自我。她非常清楚那是属于她自己的，不受任何人影响的思想。她的意志立刻填满了整个身体，那就像、那就像……"

吴随影拼命在脑海中找寻着形容词。

"那就像眼前的世界突然明亮了，来自心底与外界的色彩与温度交融，她不会再怀疑自己思考的一切，也不会再去思考活着的意义。**因为此时此刻正在做的，就是她想做的，就是她要的意义。**"

说到拍电影与演讲，大家第一时间想到的就是吴灯倩。显然，她在叙述这个"女子"的时候更像是第一人称的自我表达，但大家转念又想到吴灯倩是有父母的，而且从来没有模仿过别人，于是又不断在脑海里去寻找别的戏子代入。

但他们怎么可能会想到吴随影呢？

不过转念又想，活着的意义是什么呢……是日复一日做苦力直到死亡吗？是在流氓的压迫下屈辱苟活吗？我对我的现状感到满意吗？很多一开始就被认为是理所当然的事，确实应该重新思考一下——很多人已经成了真正的听众，他们大概也没意识到，自己正微微昂起头接收吴随影的信息——就像他们最初也是在潜移默化中被动接受着世间的不公一样。

"其实我说的这些都和今天的主题没什么关系，也不能成为打倒侵略者的子弹。我只是想说，即使世道再不公，我们个人再渺小，但每个人都在努力生活，对抗着无常的命运，不是吗？刚刚提到的这些人，或许你们也认识，甚至可能就是在场的你和我。你们的心中一定有一股力量，那是在你们的精神世界里无坚不摧的，而现在该被唤醒了，**去想想自己到底想过怎样的自由、快乐与幸福的人生吧。**"

吴随影的力量仿佛具备传染性，周遭的国人也都不再是刚开始只为看热闹的麻木神情。

其中有些人开始怒吼，这是信念重新被唤醒的声音。

有人故作聪明，试图摆出一副目空一切的神情，却无论如何，也只能艰难地扯开眼角，忍不住流出眼泪，嘴巴里传来一阵苦涩。

"不可能压抑自己跳动的心脏吧？不可能假装不理会吧？想想与世长辞的人们，大多数是在压迫下混混沌沌走完一生的，而如今的你们甘心吗？

再想想上战场的战士们，他们是自己下定决心奔赴前线的。你们还记得当初为他们送行时，是不舍、是骄傲、是激动，还是悲伤？不管如何，那都是最真实的心情吧，而他们也留下了最动人的背影。"

听众显然都向着吴随影，初时他们怀着敌意的眼神，现在也渐渐开始信任她，而提出质疑的学生也颤抖着身体。吴随影看得出，她是由于激动而颤抖。

吴随影并没有正面反驳这个学生的话，因为她知道学生说的并没有错，反抗确实很有可能只有当炮灰的份儿，死后也不一定会被人铭记。但因为吴随影知道没有自我、没有目标地活着是多么虚无，所以内心坚信幸福与痛苦是可以并存的——因为幸福与痛苦都是自我感悟的一部分——而生得憋屈，不如死得洒脱。

她想到了从吴灯倩口中听来的十一路的故事。虽然吴随影从未见过这个人，但仿佛也与他的精神产生了共鸣。能为如愿地死去而努力，或许也是一种极乐的态度。

"我不想再说什么要为别人付出、要为国家牺牲这种过于宏大的话，这一切都太沉重了。我只希望大家都能好好思考自己——在这个世上独一无二的你——到底为了什么而生存到现在。我们中国人有一句话叫'置之死地而后生'，很多事情或许真的当你选择跳下悬崖，继而跃起之后，才会意识到自己是多么强大的存在。"

吴随影最后想到了吴灯倩。她为自己未能好好埋葬吴灯倩而感到愧疚，但因此而激起的意志与情感正深深影响着在场的所有人。

"你在天上看到了吗，灯倩姐？你的意志还在这世上，从未离去。"

在将演讲稿抛于脑后的那一刻，她超越了吴灯倩——不，她只是做回自己而已。

虽然直到现在也只能顶着别人的名字，饰演一个自己永远都无法成为的人，无论演得多好，世人所知道的永远是吴灯倩。可吴随影已经不在意了，只要她知道自己存在过就行。

演讲结束了，吴随影认为没有再说下去的必要。她的眼前顿时天旋地转，体内的力气一泻千里。不！不能倒下！吴随影振作精神，强行支撑着。望着周遭眼里溢出泪光、火焰的百姓，镇定下来的吴随影却又开始怀疑自己的任性发挥是否正确。

"我这样做对得起灯倩姐的在天之灵吗？她真的不会生气吗？真的能达到灯倩姐希望达到的效果吗？"

她竟有些后悔，早知按吴灯倩准备的台词去讲就好了。是啊，大是大非面前怎么能如此冒险呢？

而这时，吴随影注意到人群中有一个熟悉的身影——

**李菲。**

后来，吴随影讶异地发现自己每到一个地方演讲，李菲的身影都会出现。

不——她只是来听吴灯倩的演讲而已。想到这里，她一阵心酸。

不过两年未见，李菲成熟了不少。这段日子里，李菲经历了什么呢？她很好奇，在看到李菲也加入了自己的团体之后，她以吴灯倩的身份上前搭讪。

李菲有些受宠若惊，显然不太习惯偶像来到面前与自己对话。

"原来妹妹的偶像是吴灯倩啊。"

吴随影在心里感慨道，真是好眼光。

吴随影自然地了解到妹妹最近的生活，这才得知原来她在学校遭遇了欺凌。吴随影愤怒至极，她握紧拳头——就像以前在棚户区握紧拳头保护李菲那样。

但随着交流的深入，吴随影才得知妹妹真正喜欢的并不是吴灯倩，而是吴随影……

李菲在成长过程中视为精神信仰的"吴灯倩",其实一直都是吴随影饰演的。李菲的分享为还在自我怀疑的吴随影打了一针强心剂。吴随影这时才彻底领悟吴灯倩在遗书中为她留下的话——是的,她的名字叫吴随影,不是因为成了跟随着吴灯倩的影子,而是因为她就叫吴随影。

**吴随影已经不再怀疑自己的一切了。是妹妹李菲为她盖了证明。**

在后来领导学生团体对抗日寇的历练中,她逐渐成长为眼神坚定而锐利、气场强大、临危不乱、不屈不挠的女人。她不再做谁,也不再崇拜谁。她开始做自己,只信仰自己。

"一·二八事变"慢慢平息后,吴随影休整了一阵子,她卸下妆容,游山玩水。

1933年,其实吴随影心里已经有了重回影坛的想法——这是她真正热爱的事业。但她也很好奇妹妹李菲是如何想的,便主动去找李菲。

"你觉得我是继续当回电影明星,还是去搞革命,或者当回一个普普通通的中国人?"

"只要灯倩姐你做自己,无论怎么样都是最好的选择。跟随你心中第一时间所想到的去做就好了。因为你在勇敢无畏地做自己,所以我也在努力地做着自己。"

得到了李菲的回答,吴随影笑了笑,更加坚定了拍电影的信念。

临走时,她想对妹妹说出身份的真相,但还是忍住了……不要破坏如今这份谐和吧。

次年春天,她进入罗府,表示要回归影坛。

"现在电影业不好混,我们实在无法判断你的归来到底是好事还是坏事。你声名显赫,百姓自然拥戴,但英国人和法国人估计对你没有好印象。如果我们贸然接纳你,恐怕会引火烧身。"罗思思的爸爸抚摸着山羊胡,深沉地说道。

"但是罗老板,你忘了还有一股势力。"吴随影沉着地说道。

"什么势力?"

"步间风,步家。"

"呵呵,这流氓大亨,不是才与你结下不解之仇吗?这会儿怎么又与你来往了?"

"天下攘攘,皆为利往。"吴随影按照自己的节奏,不紧不慢地说道,她的身姿挺拔,优雅中不失气概,"如今步间风已不是所谓的'流氓大亨'了。本质上他是一个商人,吴灯倩曾拜托他援助运动,于是他成了世人眼中不折不扣的爱国英雄。以他的势力目前仍能和法国人与英国人掰掰手腕。若我亲自去拜托他支持我们的事业,涉及名和利,他定没有拒绝的道理。"

"既然如此,那就等你和他谈拢了再说吧,其他的暂且不谈……"

数天之后,吴随影又再度上门,她面带自信的笑容。事情显然谈妥了。

"你回归也不是不可以。但即便如此,拍什么片子可由不得你来挑选。那些吴灯倩在前几年接触的激进电影,我不会再碰。"

吴随影不屑地哼了一声:"罗老板,难道你没有认清现在的形势吗?"

"你弄清楚自己的身份!你以为自己是吴灯倩吗?"罗思思爸爸怒而拍桌。

"不好意思罗老板,如果我还是'吴灯倩',那么我就不会对你这么不客气。正因为我十分清楚自己的身份,所以我才会来和你说这些话。"

"你!"

"我认为随影说得有道理。"罗思思妈妈露出欣慰的笑容,插嘴道,"我们刚刚抗击了日本人的侵略,如今百姓难道还喜欢才子佳人的旧市民电影吗?"

"看来你们都下定决心了,但这是一场冒险。大家都不是小孩子,后果你们可承担得起?"

"我就直说了,你这不是保守。所谓的求稳、保守只是你的借口。你是懦弱,是胆怯。哪怕再直接一点,是愚笨!"

"别太自私了,我们还有思思。到时候万一失败了,或者被人盯上,你要让女儿陪你在路边乞食,睡在人力车上等死吗?"

"你也别忘了,当初是谁狠下心投资了电影业,让你如今坐在这里逞口舌之快的!"

最后,男人还是败给了两位女子。而吴随影也重新回归影坛。

罗思思在吴随影离开罗府时趁机上前搭话。

"嘿,好久不见。"

"是啊思思,你最近还好吗?"

吴随影回头望向罗思思,露出一个笑容,手顺势抚弄被微风吹乱的发梢,显得十分洒脱。

"你这次回来……是因为想继续做回电影明星'吴灯倩'吗?"

吴随影摇了摇头,虽然幅度很小,却尤为坚定:"我是在做自己。"

"好。我会在背后默默守护你的。"

吴随影坦然地笑了笑,转过身,挥手作别。


复出后,不知情的观众都觉得她的风格似乎变了,有一种与原来的吴灯倩完全不一样的独特魅力。而这种变化令她积累了更多的粉丝,有很多人也成了如影子般的追随者,试图模仿她的一举一动,一颦一笑。

得知观众对自己的喜爱,她进一步领悟到自己从来都不是在假扮吴灯倩,而是在创造着她心中所理解的"吴灯倩"这一角色。通过这个吴灯倩表达出来的,其实都属于吴随影自己的一部分。

吴随影的生活过得顺风顺水,但有一件事是她从未忘记,终有一日必须要去做的——

为吴灯倩报仇。

"灯倩姐，我要以牙还牙，誓要让伤害你的人下地狱！"

此时正值1936年，步间风实际上已被步间云所假扮，而步间云并不具备步间风的气概、头脑与能力。更重要的是，步间云并非心狠手辣之人，心底里并不愿意与青帮沆瀣一气，因此在他的经营下，短短一年步家势力便日薄西山，经济实力与影响力一落千丈，诸多原本对步家忠心耿耿的地痞流氓纷纷离开。

相反，由吴随影饰演的"吴灯倩"在平民百姓之中的地位越来越高，对各方势力资源的综合号召力甚至一度超过步间云。

自从吴灯倩死后，代替其活跃于舞台的吴随影自然接触到了吴灯倩原本的资料。"某人"看中了吴随影的地位，且得知吴随影怀有复仇之心，在权衡利弊后，便主动搭上了吴随影。这令吴随影萌生的复仇意志更为炙热。

**年龄相仿的他们一起商量制订计划，对方建议吴随影去找李荞作为刺杀"步间风"的人选，那是一个为了钱不惜一切的人，只要吴随影愿意付钱，李荞就一定能完成她的委托。吴随影将那把属于十一路的具有宿命感的匕首给了李荞。**

在吴随影原本的想法中，她希望李荞自己想办法杀死"步间风"，无论怎样都好，她只要结果。可李荞一直不知该如何接近目标，这时"某人"提出了一个极佳的建议。终于，**为了顺利进入步宅，吴随影为李荞要来了一个众人皆知其名号却不知其面容的身份，也就是"某人"从上一任处继承来的另一重身份——"鲁冰"……**

这便是吴随影———一个不被任何人知道真实名字，却被劳苦大众认识的人——的故事。

## 未到下一轮，请勿翻开下一页！

# 正义的怪物

卢在石出生于 1900 年，是个混血儿，父母当时只是逢场作戏，没想到生下了他，继而被遗弃。卢在石被跑马厅附近的一户好人家收养，但童年时却屡屡因金色的头发遭到他人针对。他天真地以为养父母会替他伸张正义，岂料对方也迫于舆论压力，抛弃了卢在石。

1907 年，卢在石遇到了警察马歇尔，对方出手相助。从此卢在石对警察有了一种向往，认为这是一个代表正义的职业。他自己经历过正义不得伸张的困境，所以想要做的就是伸张这世间的正义。

卢在石开始跟随马歇尔一起生活，逐步接触马歇尔的处世理念。马歇尔告诉卢在石，利益是最大的目的，想要做成任何事都要获取利益，如果他希望伸张正义，那么权力、金钱、人脉缺一不可，且从现在就要开始筹谋。

1908 年，马歇尔频繁光顾妓院，得知十一路的母亲急需用钱，便不断对其提出突破下限的要求。十一路看不过眼，初次以拳脚袭向马歇尔。虽然只是以卵击石，却仍激起了马歇尔的恼怒。

到了 1910 年，卢在石与十一路成为同学。

当十一路由于"妓女的孩子"这一身份被针对时，卢在石想到自己的遭遇，同时受到霍老师的正义言论感染，便独自站出来支持十一路。但回到家后，他被马歇尔扇了一巴掌——马歇尔总是会先以暴力迫使卢在石屈服。

马歇尔相当失望，他教过卢在石有关"手段"与"目的"的区别。卢在石作为马歇尔在学校的代表，怎么能为一个妓女的儿子与其他家世显赫的同学起冲突呢？这并不利于二人的处境。他坦言可以不在乎十一路对自己的无礼，也可以允许卢在石和十一路交朋友，但前提是这是达成最终的

"正义"的必要手段!

马歇尔借此再次为卢在石说明了什么才是真正的"正义",卢在石深信不疑,并一丝不苟地执行着。

回到学校,卢在石跟随同学们一起排斥十一路。同学起哄要他带头示范。开始学习"正义至上"理念的卢在石对十一路拳打脚踢,甚至比其他人更加凶猛。是的,他终于重新融入到同学们的圈子了。

他的内心很清醒,从不认为十一路是坏的、活该的——只是现在需要一忍再忍!哪怕十一路不理解也无妨,等卢在石哪天拥有改变一切的力量时,就会给十一路弥补。

而十一路只感到极度失望,随后离开了学校。

步衡从马歇尔处得知了十一路的存在。他很欣赏他,便说服马歇尔让卢在石设法骗十一路吸食鸦片。

马歇尔再一次用所谓的"道义"说服了卢在石——十一路已经被赶出学校了,在步衡手下做事总比在街头饿死要好,这才是"有格局的眼光"。

卢在石手拿鸦片前去道歉,十一路便也傻傻地听信了。

但在步宅,卢在石见到了步衡的真面目,他心里开始对这个局有了不一样的看法。他动摇了些许,在内心默念:"对不起,现在别无他法,请再忍耐一下,未来我一定会弥补你的。"

十一路看透了卢在石的真面目,彻底与之断交……

后来十一路彻底沦为小混混儿,对此卢在石心如刀绞,意识到是自己将他逼上了这条绝路。

又过了不久,霍老师邀请卢在石前往自己的住处。**卢在石在霍家看到了十一路的兄弟。霍老师当初收养了那个妓女的其中一个孩子,后来为他取了一个名字——霍森。**看着霍森,卢在石知道其实妓女生的孩子并不代表品质就差,也不代表就低贱。如今兄弟之路如此截然不同,卢在石才是始作俑者。他开始想自己正在走的路真的属于正义吗?又或者,究竟什么才是"正义"呢？

但卢在石依然寄人篱下，年纪尚轻的他还没有彻底厘清这些问题，只是隐约察觉马歇尔教的道理不能尽信。他有时会想，如果真有人可以为达目的不择手段，那该是怎样一副铁石心肠啊……比如他的养父马歇尔？

1916年，卢在石在马歇尔的帮助下成功进入巡捕房。卢在石原以为自己终于能正式以警察的身份去做点不一样的事了，岂料在巡捕房中看到的尽是青帮与警察的勾结，一起剥削无辜的百姓。

卢在石穿着制服外出吃饭，饭后本应该付款，结果老板娘不但不收钱，还反过来给卢在石一笔费用。卢在石不解，拒绝了，而老板娘竟然跪在地上，哭着求他收下。

回到警局后，他被前辈们教育，说如果真是为了老百姓好，就收下他们的钱。

卢在石百感交集，只能默然融入其中，他觉得自己有长进了，变得更能隐忍了。

没过多久，他注意到了李莽这个人，黑白通吃，有钱就什么都敢做，压榨老百姓，但他本身却也是被压榨的可怜虫。

这个世道不应该这样，但他才刚刚成为小巡捕，还要多久才能抵达曾经向往的彼岸？有生之年可以吗？

1921年，他重新收到十一路的消息，得知他被步衡安排到某处去干活。卢在石赶往那里却看到他在欺负孙玲，幸好后来十一路被那个坚强的女孩子给感化了。卢在石上前与十一路相认，郑重地道歉。解除误会之后，卢在石告知他关于弟弟的真相，并劝他参军。参军是卢在石能想到的最好的出路。

1921至1924这三年里，卢在石将自己从穷人手中得到的一部分钱财都偷偷交给十一路的母亲。

1925年，五卅运动爆发。卢在石受马歇尔指派前去镇压工人，他当然是不忍心的,可马歇尔强调抓捕工人能让他升职。

他发现李莽也在现场的工人群体中。他鬼使神差地将李莽抓出人群拉到一边。他很想问问一个欺压百姓的人,为何会来参加运动？你来我往间,两个陌生人交谈起彼此的心事,李莽几乎将所有事情都告知了卢在石。

这次的交流对卢在石产生了很大的影响,他开始意识到"正义"这个词其实是复杂的——比他认为的复杂还要复杂得多——生活中在各方面都很坏的人,竟是为了最纯良的目的而作恶。

人性不是非黑即白。不得当好人,否则活不了；不择手段,否则活不了。什么时候才会有一个世道让每个人都脚踏实地活着,而不是在旋涡里挣扎呢？

卢在石越想越迷茫,前景便愈发模糊……

1926年,卢在石怎么都不可能想到与十一路竟会在如此戏剧性的时刻重逢。老同学间的一面不过三秒,便是阴阳相隔。

当场看着十一路袭击养父马歇尔无果后被砍下头颅,卢在石呆若木鸡,事实上他完全来得及去保护马歇尔不被袭击,身体却并没有立刻行动,只是在一边呆望着。不……不仅是呆望,他甚至暗暗希望十一路能刺杀成功,这无疑是对养父的一种背叛。怎知心里刚闪过这个念头,十一路便人头落地。

事件结束之后,卢在石的不作为自然逃不过马歇尔的火眼金睛。连带着1925年的事,卢在石被马歇尔狠狠地扇了好几巴掌。

"你以为你在做的是正义的事吗？你的正义是盲目的！不可理喻！短视！我教了你很久,如果你的眼界和那些人一样,那么你就不配待在这里。你得知道,如果让他们这场运动愈演愈烈,那么最终对全社会的发展都是不利的,对所有人都是有害的。你只顾及自己的情绪,却丢掉了理性。试问到时候如果我死了,事情会闹多大？社会动荡会更加剧烈,你自己将何去何从,还有机会往上爬吗？你能伸张你要的正义吗？我做探长都多久了,我们这些上层的所思所想要比你们更深更远。孩子，你对'正义'的理解还是太肤浅了，不要害人害己。"

卢在石在马歇尔的一通歪理邪说影响下再次陷入了深思，十一路终是没能等来卢在石为他许诺的美好世界。

幼稚是年轻人的专利，肤浅是少年人的通病，但永不放弃思考却是他们一直进步的根源。可惜的是，这次思考并没让他想明白什么——因为他仍然是马歇尔的养子。

他也只能再一次相信眼前这个被十一路舍命行刺的马歇尔也只是人性灰色的产物。

1935年，关于江王令的假新闻报道就是卢在石负责运作的。他知道一定要维护马歇尔与步间风的名誉，他们关系着大多数人的生死，所以牺牲一个江王令并无不可。

他已经学会熟练地衡量这座天平两端的重量，在霍森的推波助澜下顺利完成了这件事。也正因这件事，卢在石与对方才有了直接交集。

1937年，大宅案发生。卢在石挖掘出了全部真相，得知了所有人的故事，包括吴灯倩以及后续吴随影的一切，感受着从未有过的震撼。

卢在石被迫审视自己的"正义观"，他终于明白了多年来碌碌无为的本质——因为自己做不到，他根本无法为了"正义"去变成怪物！

但他在故事里看到了真正的正义，那是光明却可怕的，是为了众生却令人畏惧的。**实践着这种"正义"的那两个人是真正的"怪物"，他们在分不清方向的洪流里矢志不渝地推动着人、事、物往他们设定的"乌托邦"前行。**

于是卢在石眼前的灰蒙被拂去，他不再迷茫。他决定俯身曲背，既然自身无法成为"正义的怪物"，那就成为怪物手中正义的"工具"吧。

时机已到，当年十一路没有成功的壮举，如今他要想方设法完成……

马歇尔根本就是一个小人，以冠冕堂皇的"正义观"包装着内心的自私自利。卢在石总算下定决心协助"怪物"要除掉他。

"致十一路，我们都愿你安息！"

**未到下一轮，请勿翻开下一页！**

# 太爷爷的身份

首先问三个问题：①卢在石坚持的正义到底是什么？②卢在石的意志坚定吗？③马歇尔是一个怎样的人，他对卢在石的态度是怎样的？

根据目前了解到的卢在石的往事，可知卢在石坚持的正义是一种着眼于当下的人道主义，但他的意志并不坚定，长期接受养父马歇尔的洗脑，甚至还会时不时就被扇几巴掌。而马歇尔是一个自私自利的小人，更是一个完全瞧不起中国人的洋鬼子。

但《太爷爷的私人日记》里记载的对正义的看法是坚守"结果正义"，为了未来绝大多数中国人的利益，可以牺牲掉小部分人的利益。从日记的语气与用词中可以感受到，太爷爷的意志是极为坚定的。

而在《太爷爷的私人日记03》中，曾提到"养父从不打我"，这也和"卢在石的往事"中的相关内容矛盾。

另一方面，可以想想给吴灯倩的信是谁寄的？《太爷爷的私人日记01》中提及，信是太爷爷写给吴灯倩的。而由"吴灯倩的往事"可知，她视太爷爷的养父为"同行者"——但她会视与步间风同阵营的法国人马歇尔为同行者吗？马歇尔要的正义是吴灯倩要的吗？

这显然是致命的矛盾！

综合以上"矛盾"之处，**完全可推断"你"的太爷爷根本不是卢在石。**

（注意，在《玩家手册》中，"你"从来都没有提过自己姓卢，也从没说过自己的太爷爷是卢在石。在"马歇尔案"中，"你"也只是从留下来的日记确定了太爷爷是凶手而已——这正是作者通过手册和玩家玩的一个"叙述性诡计"。）

那么，接下来的问题就是：太爷爷是谁？

在"孙玲江平的往事"中，帮助他们杀死地痞头目的"贵人"是谁？要知道，"贵人"在"往事"的后文被提及已经"死亡"，而阿桂最近一次则出现在1937年6月的"马歇尔案"中！那么显然，阿桂并不是所谓的"贵人"！

这起案件是谁解决的？所谓的这起案件的"作案手法"有如此多的漏洞，哪怕忽略这些漏洞，大家也都知道它不可能是一个人能完成的，但当时为什么巡捕房会认为凶手只有一个？巡捕房结案的依据又是谁提供的呢？

在"吴随影的往事"中提到她是从某人身上要来了鲁冰的身份，才能给李莽使用，那么这个人是谁？在《太爷爷的私人日记》中，是否提过他与养父经营着两重身份？在大家目前已经了解的故事中，谁还有养父？

聊到这里，真相已经呼之欲出——

**没错，"你"的太爷爷就是霍森。而霍森也是鲁冰。**

# （请继续翻页）

# 太爷爷的往事

1922 年，霍老师帮江平与孙玲杀死了地痞头目。霍老师虽然是一个愿意为了更大利益而牺牲掉过程中的小利益的人，但他并非一个残酷的分不清青红皂白的人，更何况他当时需要找一个内应打入步家，调查买卖鸦片的利益链条，因此他考虑到帮助处于苦难的朋友杀死地痞头目是一个有力的举措，便照做了。

同时，他还可以趁机让霍森确立自己的人设。霍森设计了一个一般巡捕破不了的"不可能犯罪"案件，然后自导自演，这样不就提高了霍森这个形象的声誉，还能趁机拉近与步间风的关系吗？

1932 年，霍老师早已病逝，此时霍森写信要求吴灯倩委托步间风，霍森并不在乎吴灯倩的感受，因为按照霍森的理念，既然吴灯倩已经与他是同行者了，那就应该抛弃微不足道的个人情感，去成就大义。殊不知这举动间接害死了吴灯倩。

1935 年，鸦片走私案，失败的江平根本不听劝，结果意外惨死。无奈，霍森也只能答应与步间风、马歇尔合作，保全两个大人物的名声，牺牲掉毫无价值的江平。

1935 年步间风死亡，这是霍森完全没有预料到的谋杀案。当时这起案件是鲁冰破获的，而鲁冰就是霍森，霍森怎么可能不知道真相呢？他肯定比李莽更加清楚啊！既然他知道真正的内幕，又为什么没有透露呢？实情是，站在霍森的角度，当时步家势大，步间风如果突然死去，必定会影响社会格局，而这是霍森完全没办法掌控的。他是一个着眼于未来社会更广大利益的人，绝不可能拿这个来冒险！所以霍森思考，有没有可能隐藏步间风已经死亡的事实？他还可以一箭双雕，趁机拿自己知道的真相来威胁步间云。对霍森而言，步间云上位或许是一件好事，因为弟弟比哥哥更好掌控，只要霍森自己掌握了对方的把柄，那么之后控制对方也会更加顺利。霍森必定是在案件意外发生后才与步间云进行谈判的，而步间云一家肯定不知道霍森想到的办法就是利用自己的另一重身份——鲁冰来向巡捕房提供案件的伪解答。所以在这种抉择下，霍森就只能选择牺牲掉无辜的李约了。

在 1935 年大宅案件里，有一条线索说"大宅里所有人都表示自己不认识鲁冰"——事实上他们与霍森有过交集，但他们并不知道霍森就是鲁冰，所以在他们看来，自己与鲁冰并没有交集，在主观认知上这确实是实话。

1937 年，根据"吴随影的往事"可以了解到，步家势力在步间云的经营下已经一落千丈，同时吴随影的影响力飞快上升。霍森选择了吴随影作为辅助他实现理想的工具。当时战争暂时告一段落（"七七事变"尚未发生），上海恢复了经济发展，步家已经完全没有作用了，而青帮本身就是压榨中国人的存在，所以霍森果断借刀杀人，巧妙地利用了吴随影和李莽。

同样，后来到了 1937 年 6 月，步家势力全面崩盘，马歇尔自然也成了过街老鼠。卢在石认识到了霍森的为人，霍森与霍老师一心坚持的"正义"正是他的向往，而他正好缺少一位能坚定地带领他向前，让他无条件信任的领头羊。卢在石终于挣脱了马歇尔的束缚，跟随霍森的脚步，两人配合，一起杀掉了已经没有任何利用价值，同时又是中国的敌人的马歇尔。

事件结束之后，霍森记录下调查到的一切，留给后人。而"太爷爷的往事"也就被顺势埋藏在整个盒子的每一处缝隙中，等待着百年后的有心人来挖掘。

霍森做的事情究竟有何意义，又该被如何定义？大概连他自己也没有抵达终点，找不到答案吧，所以才选择留下痕迹，记载于世间，待世人去评判……

# 作者后记

首先，非常感谢你愿意前来体验这个作品，实在是辛苦了。

**必须特别感谢牧神文化的王晨曦老师与华斯比老师在2022年3月的邀请**，让我负责作品的创作！本作应该是国内首个拥有正式书号的剧本杀"出版物"，单独一人就可以跟随《玩家手册》的流程进行游戏，如同阅读一本小说一般。

你可能比较好奇："只能单人玩，不能像传统剧本杀那样多人玩吗？"

**事实上，这个作品推出了两种形式**，一是大家目前接触到的单人解谜剧本杀《无碑者手记》，二是**六人线下大型剧本杀《执信寻途》**（意为"执着于自己的信念，寻找属于自己人生的道路"。玩家角色除了李菲，还有黄雪唯、霍森、罗思思、鲁冰和胡弦），走传统剧本杀圈的发行渠道。两者的故事主体不变，但在线索伏笔、流程结构、互动玩法等具体细节上会有不同，而在《人物往事》上，《无碑者手记》会有更加完整的补充，更方便大家去理解。

**这个作品在名义上改编自时晨老师在2021年出版的侦探小说《侦探往事》，但在实际内容等方面都与小说几乎没什么关系了**。之所以彻底改头换面，不是因为时晨老师的小说不优秀——事实上它相当优秀——只是我在接下这个项目时，慢慢发觉小说与剧本杀是性质完全不同的两种载体，时晨老师的小说《侦探往事》其实并不适合直接改为剧本杀，于是我前前后后花了两年的时间，重新搭建了属于路过小卢的人物、故事、主题、诡计与推理……

（在接近三年的时间里，这部作品对我的人生产生了怎样的影响，而我的人生经验又是如何逐步投射到这部作品的不同版本上的，其中又表达了个人怎样的社会思考，等等。这些内容都可到《执信寻途》或路过小卢的个人社交平台了解……）

不过，关于"十一路"的故事还需要补充说明一下。

"十一路"这个人物是我在由零开始创作整个故事时写的第一个人物。当时我打算以他为中心，可随着故事的格局逐渐扩大，十一路哪怕时不时出现在某处，但其实已经显得微不足道了。他从头到尾连名字都没有，这象征着他不过是乱世当中微不足道的尘埃。即使他曾经也是有血有肉的人，但在记载中根本不会有他的存在。甚至在《无碑者手记》中，他也是比较边缘的一个存在，所以他的人生故事不会出现在"正传"中，只是作为最后的"彩蛋"呈现罢了。你若有意便可继续往下阅读，若无意么他就只是一个过目即忘的"昵称"。

## 【作者简介】

路过小卢，"90后"广州人，创意写作文学硕士。曾任法医秦明IP策划编辑、语音互动小说作者、编剧。从小钻研粤语歌、格斗、电影与小说，2015年凭借短篇小说《天使的礼物》出道，之后陆续发表了《残花枷锁》《干杯，最后今晚了》《模拟恋爱》《三角志·劈腿的大学生》《中国象棋之谜》《请回答2008》《末日同归》《窥视》等小说；2022年开创"随书衍生微型剧本杀"新形式，建立了成熟的新体系，负责《生门》《桐花中路私立协济医院怪谈》《无形之刃》《陌生人》《复活的无字信笺》《消失的白色窗帘》《周四推理俱乐部》系列等作品的衍生创作，另著有盒装剧本杀《蛊门》《加个V呗》。个人创作风格多元，擅长人文关怀表达，在类型文学中剖析个体与社会的思想观念、矛盾困境，其理念代表作为《执信寻途》《无碑者手记》。

**（请继续翻页，以下为彩蛋）**

# 十一路的往事

## 赤子

  十一路出生于1900年，与普通孩子不同，他的成长环境比较特殊。从呱呱坠地开始，他便生活于声色场所，每天面对着没日没夜的灯红酒绿的生活，皮肤感受着潮湿的空气，耳朵聆听着嘈杂的喧哗声，鼻子嗅着混杂着香水与汗水的怪异味道，眼睛望着一堆成年男女群魔乱舞，那时十一路以为世界就是这样的，直到八岁才懵懂地意识到"妓女"是什么意思。

  十一路有一个弟弟，两人的妈妈是一名在"猫房"的"幺二"妓女，她之前是苏北乡下人，一心想来上海发展，岂料在上岸时被人绑架，用两元卖到妓院，在跑马厅南面卖淫。幺二妓院是一栋三层楼的房子，容纳将近二十名妓女，每一名通常都拥有自己的房间，但这也是向妓院租借的。

  每当妈妈需要工作的时候，她只能将孩子藏于衣柜里，并提醒他们不要吵闹。

  隔着门缝，十一路被迫看到了不堪入目的画面，他们卷起热情，堕进深海，使十一路的耳垂发热。妈妈与男人在释放的那一刻，那潮湿而黏滞的声音预兆着刺痛与快乐，而十一路却只感到脑壳正在裂开，随即嗅着不染尘埃的灵魂气息，烟丝被燃烧。

  十一路天生还算比较安静懂事，但弟弟并不如此。无论多少次，他在灰暗的衣柜里都难以习惯，便放肆吵闹，惹得妈妈的客人十分不满，其中洋客尤其如此，好几次都愤然离场。妈妈半分钱都收不到，他们便也吃不上饭。别的道理不懂，但饿肚子的痛苦弟弟最清楚，逐渐也就不闹了。

  一路磕磕碰碰，十一路在妓院里过着"野生"一般的生活，一眨眼竟也度过了八年的时光。这期间除了妈妈，还得多亏"猫房"的老板，若不是他睁一只眼闭一只眼，十一路与弟弟可无法在这附近随意游荡，憋都能把他们给憋死。

其实十一路本来是没有名字的——噢，他一辈子都没有名字，准确来说，应该是本来没有"十一路"这个昵称。1908年上海普及有轨电车，大家都习惯形容双腿步行为"十一路公交车"，而十一路这个人非常活泼，健步如飞，妈妈便直接给他起了这个昵称。

但弟弟就没那么好运了，文盲的妈妈一直想不到给弟弟起怎样的名字比较好，便一直称他"弟弟"。

十一路发觉妈妈最近接待的洋人越来越多了，据说接待洋人能够赚更多的钱。妈妈大概是不得不如此，毕竟她要照顾两个儿子。可洋人对妈妈一点也不客气，甚至用各种方式侮辱妈妈。十一路看透了妈妈痛苦不堪却仍咬紧牙关坚持下去的境况。

这时，十一路摸出了身上一直带着的匕首。当时妈妈被洗劫一空，身上唯独剩下这把祖传的匕首。妈妈在十一路八岁生日时将匕首交给了他。

"儿子，我现在把这把匕首给你，你要保管好。因为身为哥哥，你得保护好弟弟，还有你自己。"

"那妈妈你呢？"

妈妈笑了笑："我自己可以保护好自己。或者说，你保护好自己和弟弟，就是对我最大的保护。"

如今，十一路本能地掏出匕首。他想起妈妈对自己说的话，这把匕首是用来"保护"的。

"我要保护妈妈，我要保护妈妈。"

他的脑海里只有这一个念头，偏执的念头盖过了他对那些大人的恐惧，他拿着匕首冲进去反抗。他用尽全力，以为这一击能把洋人身下的妈妈拯救出来，岂料那洋人只是稍微挥了挥手，便将他的攻击尽数化去。恍惚间，十一路还没反应过来，眼前便迎来一个巨大的拳头，随即视野陷入黑暗之中……

这可怕的、压倒性的力量！

十一路第一次意识到差距。那洋人因十一路这个小屁孩的突袭而恼羞成怒，直接在十一路面前加倍奉还妈妈，甚至在事后还要求妓院与妈妈赔偿。原来弱小不仅会被欺负，还会被人颠倒黑白。十一路只能无力地看着这一切发生。过后，十一路以为妈妈会责骂自己，但妈妈只是温柔地抱着他，似乎有很多话要说，最终却只是吐出三个字："谢谢你。"

这感激却令十一路更加痛苦。他愈发强烈地意识到，妈妈如此痛苦就是为了养活自己与弟弟，十一路下定决心要快快长大，帮助妈妈脱离现在的困境。

"我要让妈妈有尊严地活着。"

1910年，妈妈意识到如果两个儿子一直在这里长大，只会落得和自己一样的下场，永世不可能逃出这腐烂的地方。所以她要儿子去接受教育。为了赚学费，她更加频繁地接客，对嫖客无理的要求一忍再忍，底线逐步降低。

每当她挨不下去时，就像以往那般再咬紧牙关，咬咬牙便过去了……

但十一路并不了解妈妈的心思，充斥心头的只有对自己无法保护妈妈而产生的恼怒。

妈妈好不容易赚到了学费，她带着两个孩子去了学堂。

那里十分宁静，色彩单调，看起来有一股庄严感，显然和十一路生活的地方是完全不同的世界。里面有很多小孩子，而十一路在生活的地方从未见过同龄人。

身穿中山装，戴着褐边眼镜的霍老师正在和妈妈交谈着。霍老师表示无论再怎么让步，这些钱也只勉强够一个孩子就读。

妈妈愣了一愣，随后声泪俱下，甚至跪在地上，紧握着霍老师的双手。而霍老师也顺势跪在地上，难堪地来回看着孩子与妈妈。

上海学堂的学费数目对于一直在妓院苟活的妈妈来说很难承担。可她实在没有精力，也没有时间去赚取足够供两个孩子读书的钱了。

妈妈的姿态从未如此低下，即便之前在工作中接待态度恶劣的洋人也始终坚挺着身子，眼中保留着最后的尊严。但现在她眼中的尊严动摇了，眼珠在颤抖，泪光泛在眼眶里，反射着午后刺眼的阳光，滚烫的热泪涌出，滑落在脸庞。

"就挑选一个孩子让他读书吧。"霍老师说道。

"可是这对另一个非常不公平……"

"你也知道，现实并没有什么公平不公平。要考虑实际情况，与其让两个孩子都没书读，不如就让其中一个进来，等他学成之后，再回去教另外一个，不也两全其美吗？"

"老师您……不愧是老师，真是会说话。"

"我只是实话实说而已。"

"但是，我根本做不出选择。"

"我知道这很难，那要不我来帮你选吧，就那个比较高的。"

妈妈擦干了泪痕，勉强顶着一张笑脸带着孩子离开。那天，他们顺道游玩了上海的各处，十一路与弟弟才知道原来上海的景象是如此繁华，而不只是那灯红酒绿的声色场所。

十一路顺利入学了。在学堂里，他是一个一心向学的乖孩子，因为妈妈曾告诉他这是能够获得力量、变得强大的方法。

"只要变得强大，我就能保护妈妈和弟弟，然后带他们离开那个地方。"十一路怀着如此信念熬过了某些无聊的课程。

可事情并非总是一帆风顺，其他学生的家长嫉妒十一路妈妈长得漂亮，总想挖出她卑劣的一面，终于发现她是妓女后，便集体向学堂举报。一时间,大家都骂十一路是贱种,原本的小伙伴在父母的教唆下,也都突然与他疏远。

十一路初次感受到被人背叛的滋味。

"这孩子必须得退学,不然只会惹来更多家长的反对。到时候我们无论从经济还是名誉上,损失都是不可估量的。"

"我反对。"会议上,霍老师率先站起来表态,"试问你们了解这个学生吗?"

"你是班主任,我们当然没你了解。"

"不,准确来说,你们根本不知道他是谁。他是我见过最乖最棒的学生,是最用功最善良的学生。我相信所有认识他的老师都这样觉得,包括所有同学,在被父母教唆之前也是这么认为的。"

"好的,但他是妓女的儿子。"

只是被这么一句话反驳,霍老师相当恼怒:

"我们办学堂到底是为了什么?难道妓女生的孩子就不配接受教育吗?即便是杀人犯的孩子,也有权接受教育。"

"那麻烦霍老师去和那些投诉的家长解释。"

"如果我们答应了那些家长的要求,让一个无辜的孩子退学,那么社会风气只会因为我们的不作为而向着恶劣的情况发展下去。我们作为教育工作者,必须得把这种思想扼杀在摇篮里。"

"霍老师,你在这里和我们说这么多可没用。难道我们不明白你说的道理吗?别把其他老师当傻子了。倒是我看你一直不明白,如果这个妓女的孩子不退学,那学堂最终的下场就是关门大吉,我们在座的诸位都可以做好准备去拉人力车了。你如果愿意放弃现在稳定的收入,去弘扬你那所谓的正确思想,那请自便吧。"

学校最终决定勒令十一路退学。十一路重新回到妓院,被卢在石引诱吸食了鸦片,从此上瘾。

卢在石告知十一路，步衡那里能低价买到鸦片，但条件就是作为他的手下去法租界霞飞路收租。

十一路不屑，他意识到步衡是打算用鸦片控制自己。对于这种赤裸裸的玩弄，十一路怒火中烧，他拿着匕首刺向步衡，却被步衡一脚踢开。仿佛是故意在捉弄他一般，鸦片瘾不合时宜地发作，令十一路浑身痒痒的，好不痛苦。他这才知道，自己连自己都保护不了……

"即使我无法有尊严地活着，也要有尊严地死去。"

不知为何，十一路突然蹦出这句话。大概他是故意说给步衡听的，想争回一点面子吧。可步衡更是不屑，他嗤笑道：

"人死了何来尊严可言？你这不过是自欺欺人的说法。像你这种人，在这个时代死去也根本没有人会替你收尸，你根本不会被任何人记住。即使有人记得你，也很有可能会随时死去，饿死、病死、被人打死、被日本人的炮弹炸死、被洋人的棍棒侮辱至死、被我们的鸦片荼毒而死……如此这般，周而复始。你凭什么觉得自己能有尊严地死去？在我眼里，你只不过是一只蝼蚁，我对你的生死没有任何兴趣。"

十一路愤怒颤抖，却束手无策。

"你那把匕首……真有趣，也不锋利，一看就是廉价品，而你把它抓得这么紧，是有什么特殊意义吗？"

听到这句话，十一路下意识把匕首抓得更紧了。

"哼。我喜欢你那种眼神，那种明知道自己弱小却还在逞能，誓死要守护自己珍爱的东西的眼神。但是你得好好想想自己的匕首究竟要对着谁。只要你和我混，我可以让你有尊严地活着——你先别急，冲动是你的劣势。我们的合作是双赢，对你好，对我也好。"

"要怎么双赢？"

"你完全能把匕首对着比自己弱小的人，从弱小的人身上赚钱，找到自己的——就像你说的——尊严、价值、意义，什么都好。"

十一路无法控制自己吸食鸦片的生理欲望，而他绝不愿偷拿妈妈的钱去买鸦片。种种无奈之下，他想通了，甘愿跟随步衡。

同一时间，霍老师找到了妈妈，收养了十一路的弟弟。

"儿啊，我一直没有和你说，你的爸爸是谁。"妈妈强忍着泪，蹲下对小儿子说，"现在你应该知道了，你的爸爸就是眼前这个男人。他回来带你走了，从今往后你就跟他一起生活吧。"

小儿子不乐意，不停扭着身子挣脱男人的双手，往妈妈的怀里扑去。

"儿啊，去爸爸那里不要挑食，那里的家有很多好吃的，比这里的要好吃很多，你从来都没有尝过，所以要好好品尝，等到妈妈再和你见面的时候，你要告诉我有多好吃。还有，要好好学习，和学堂的伙伴们好好相处，不要被人欺负，也不要欺负别人，但如果真的打架了，那就一定要打赢。"

小儿子哭喊着，不舍得离开。无论妈妈说什么，他嘴里都只有四个字："我不要走。"

"是时候该走了。"霍老师低语道。

"还有还有。"妈妈嘴里明明说着要离去，双手却死死地抱着弟弟，"还有，我真的还有很多话想对你说，想一直陪在你身边慢慢告诉你。但真的要走了，儿啊，妈妈爱你。"

经历了肝肠寸断，最终妈妈与小儿子还是不得不骨肉分离。那时他还不知道，这是最后一次听到妈妈的声音。

三个月后——

霍老师惦记着十一路的情况，他对自己因生计而同意劝退十一路的决定感到无比内疚，同时又对自己的能力只够收养一个小孩感到自责，所以前往妓院周边找到了十一路，本意是打算私底下邀请他到自己家中，与弟弟一起接受课外辅导。

然而这时十一路已经堕落了。他恼羞成怒，索性刺伤了霍老师，狠狠地抢走了他身上的钱财。

十一路并不知道自己的弟弟正是被霍老师所收养。正如十一路入学时，妈妈为了不让弟弟伤心，同样隐瞒了一样。

霍老师并不怨恨十一路，他只怪责自己未能好好守护这颗纯净的赤子之心。被刺那一刻，比起痛楚，他感觉到的更多的是悲凉。霍老师过不去自己这一关，于是他选择尽可能地用金钱补偿十一路的妈妈。

1911年，十一路彻底习惯了游手好闲的堕落人生，他将母亲给自己的匕首对着比自己弱小的同胞。在一次又一次凭借武力与威吓收取钱财的同时，他看透了人性的丑陋与脆弱，意识到自己的特长就是体力与武力。他联想起小时候为了妈妈出头却反遭洋人侮辱的经历，便愈发信仰力量，认定凭借武力才能赢得尊严，才能拯救母亲。

"不是自己变坏了，也不是别人可怜，只能怪别人的力量不够强大。"每次作恶，十一路都这么对自己说。

可是这些行径最终还是被妈妈得知了。

"你不但吸鸦片，还将我留给你的匕首对着像我们一样的中国人！"妈妈颤抖着身子，朝十一路发出从未有过的怒吼。

"我做这些都是为了保护你！"

"我不需要你这样的保护！我已经跟你说过，你只要用这把匕首保护好自己和弟弟就可以了，妈妈完全可以——"

"弟弟已经不在了！"

妈妈听到这句话顿时愣住了。是啊……正因为自己选择了把弟弟送走，却又未能看管好十一路，才导致现在这种局面。是啊，罪恶的源头还是在自己身上。

妈妈无奈地苦笑，可在十一路眼里却是对他的嘲笑。

十一路气不打一处来，他与妈妈反目成仇。他开始决定为自己而活。

步衡对十一路的控制与剥削愈发猖狂。十一路一直在隐忍，不断提升自己的力量，誓要某天让步衡好看。

转折点就在 1921 年——

他遇到了孙玲。十一路诧异，竟然有人在自己的力量威慑下毫不畏惧，而这人只是一个弱小的女孩子。

当孙玲站在十一路面前说着那些幼稚的宣言时，他看到了曾经的自己。明明这份尊严不堪一击，自己只要一刀就能在瞬间将其毁灭，但十一路始终下不去手，他的力量反被孙玲的眼神震慑住了。那一刻他察觉到，本质上，曾经的自己仍然未曾离去，只是一直藏于心内，期待某天能被人重新唤醒。而这天来了。他不是不敢杀孙玲，只是不忍杀害曾经的自己。

这是他第一次，从别人身上，看到曾经的自己是多么无畏，而现在的自己即使有力量又是多么丑陋。

孙玲的反抗令十一路觉醒，后来在与孙玲的相处中，他通过交谈明白了母亲当初的用意，于是以强大的意志力戒掉了鸦片，离开步衡，与母亲和解。

十一路以为孙玲也喜欢自己，于是自顾自地约定好等自己参完军回来便成亲。

参军之前，他去探望了霍老师，表示道歉并感谢。

1922 年，十一路正式参军。

自己的匕首要通过更正当的方式去保护家人，不能为了打败恶魔，而让自己变成恶魔——他终于坚定了信念。

1924 年，年老色衰的妈妈被妓院赶出，回到南京路外滩西北的药水弄，无任何一技之长的母亲只能以乞食为生。

妈妈得知十一路在军队里过着不错的独立生活。为了使儿子不像以前在学校那般被其他人鄙视,她主动彻底断绝了和十一路的联系。

1925年,妈妈饿死在药水弄。临终前,她拜托卢在石写了一封书信给霍老师,感谢他照顾了自己。

1926年,十一路退伍回到上海,却发现妈妈一声不吭地离开了妓院,甚至与自己断绝了所有联系。他的人生再一次从高山跌进低谷,以为自己终究是被母亲抛弃了。他很委屈,也很不解——为什么自己已经努力到这种地步,听话到这种地步,妈妈却仍然一直看不起自己?

为什么!为什么!他找不到答案,于是偏执地相信自己以为的那样。这件事对十一路造成了很大的打击,但一波未平一波又起——

十一路还有一个精神支柱——孙玲。他煞费苦心终于找到了孙玲,岂料四年不见,孙玲已经被西方的恋爱观改变了思想,无论是脸上化的妆,还是身上穿的衣服,甚至连神态与气质都与他曾经认识的那个她不一样了。

而最致命的是,孙玲已经嫁人了……

"对不起,十一路。其实我从来没有喜欢过你,当时只是因为我害怕你会对我爸妈报复,所以我才假装对你有好感。现在看到你不再是青帮的人,我终于可以对你说出真相,心里也舒服多了。"

孙玲淡淡地说出这件事,仿佛在说什么"昨晚睡觉被一只蚊子骚扰,然后我拍死了它"那般寻常。但这对十一路而言却是晴天霹雳!

孙玲眼里流露出的情感,从曾经的厌恶变作了无尽的可怜。

"你这是什么眼神……你这是在可怜我吗?你觉得我很可怜吗?你有什么资格用那种眼神看我!"

连续的打击令他的世界观彻底崩塌,这让他重新怀疑起自己的信仰。他已经完全不知道自己到底为了什么而活。

理智已经殆尽,冲动占据了上风。他怀念自己曾经凭借武力获得的快乐,那是多么纯粹的快乐,那是绝对不会背叛自己的快乐!于是他开始彻底遵从本性,进一步走上犯罪的道路。

1926年，年轻气盛却从未碰过女人的十一路一时兴起，决定到闸北挑一个目标。

他身穿军装，在大街上公然绑架了刚刚才进入电影业的吴灯倩，可谓无法无天。而当时在孙传芳统治下的淞沪警察对此种绑架却视而不见。

十一路将吴灯倩拖入小巷，意图抢劫与强奸。

然而就在动手撕开吴灯倩衣服的那一刻，他的意识恍惚回到十八年前，回到妈妈被洋人压倒在身下，而自己却无能为力的那天……

他终于还是下不了手，转而倒在吴灯倩的胸前哭泣："我做不到，我做不到，为什么我做不到。"

十一路的妈妈虽然是一名妓女，但是她生下了天性淳良的儿子。不——这哪有什么"虽然……但是"的关系？

十一路的天性遏制了邪恶欲望的蔓延。关于妈妈与孙玲的回忆像走马灯一样在脑海中不断闪回。

最终，十一路只是抢了两元钱便甩下吴灯倩离开了。

离开时，十一路遇见了曾经的霍老师，后者目睹了他做的一切，于是带他回了自己家，并将有关妈妈与弟弟的一切真相告知他。

十一路听闻后，身子剧烈颤抖，眼泪止不住地流。

"你弟弟应该马上就回来了吧。"

"不，他没有我这个哥哥，我不能让他见到我这副样子。请你千万不要跟他说我来过。"说罢，十一路逃出霍老师家，刚好在门口撞见刚回家的霍森。

原来弟弟现在也长这么高了啊……比自己还壮，真好。十一路瞥了弟弟一眼，便掩面飞奔逃离。

从那之后，他在闸北看遍了人间疾苦，每天在百货大楼的顶部，居高临下看尽与自己身处同一阶层的人到底过着多么悲惨的生活。这是他第一次站在如此高的地方去鸟瞰人间百态，意识到这个世界是如此繁复，而自己又是如此渺小。他已经不对有尊严地活着抱有什么希望，而是开始思考如何有尊严地死去。

他想到1925年的五卅运动，那时中国人是多么拼命地反抗，但现在目力所及却仍然是屈服于压迫的人们。他不知道为什么大家都不反抗，他知道反抗就有可能失去生命。但他已经没什么可失去的了，他只害怕自己无法有尊严地死去。他知道，只要自己开始反抗，反抗这世间悲剧的源头，就能有尊严地死去。

经过一番思量，他得到了最简单的答案。

他安心了。回想这二十六年的人生，心灵未曾有过一刻安宁，却在生命的倒数时刻体验到前所未有的安宁。这不挺好的吗？能安宁地迎接死亡，在这个时代大多数人都难以做到吧，而自己或许也算是善终了吧？

十一路笑了，带有些许自嘲，然后愤怒地朝着苍天大笑。

他恨洋人，恨他们的入侵，恨他们的自大，恨他们的狂妄。他决定要在租界将自己信仰的力量统统施加到敌人身上。

1926年9月30日，十一路回到跑马厅，恰巧马歇尔在巡捕房门口处理事务。十一路当然认得这个人，他没有多想，直接拿匕首刺向了马歇尔，但由于匕首已经变钝，无法成功刺杀。淞沪警察看到，跟随在警察队伍后方的刽子手手起刀落，毫不犹豫地将十一路的头颅砍下。

下午3时16分，十一路死亡。无名氏的一生就这么结束了。

图书在版编目（CIP）数据

无碑者手记 / 时晨著；路过小卢改编. -- 北京：北京联合出版公司, 2025.7

ISBN 978-7-5596-5605-6

Ⅰ.①无… Ⅱ.①时… ②路… Ⅲ.①推理小说－中国－当代Ⅳ.① I247.5

中国版本图书馆 CIP 数据核字 (2021) 第 250754 号

---

**无碑者手记**

作　　者：时　晨　路过小卢
出 品 人：赵红仕
策划监制：王晨曦
责任编辑：孙志文
特约编辑：华斯比
美术编辑：陈雪莲
营销支持：风不动

---

北京联合出版公司出版
（北京市西城区德外大街 83 号楼 9 层　100088）
北京联合天畅文化传播公司发行
上海盛通时代印刷有限公司印刷　新华书店经销
字数 190 千字　890 毫米 ×1240 毫米　1/32　7.125 印张
2025 年 7 月第 1 版　2025 年 7 月第 1 次印刷
ISBN 978-7-5596-5605-6
定价：59.00 元

---

**版权所有，侵权必究**

未经书面许可，不得以任何方式转载、复制、翻印本书部分或全部内容。
本书若有质量问题，请与本公司图书销售中心联系调换。
电话：(010) 64258472-800

# 无碑者手记

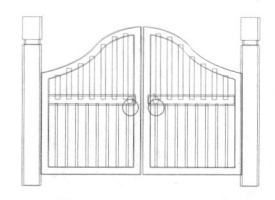

李菲剧本

# 委托

1937年的立春刚过，天气仍带凉意，寒风鬼祟地钻入你的身体，你不经意间打了一个喷嚏。

注意力回到眼前这封信——是步间风写的。

在上海滩，能称此名且敢称此名者唯有一人，即黄金荣手下，控制着霞飞路一带的**青帮老大步间风**。

不——现在应该称此人为"爱国英雄"才对。

当天，你准时外出。立春后的太阳猛烈，但在黑雾与灰霾的遮掩下，大地四周便显得暗淡至极，偶有一缕光仿佛巧遇时机，穿过云雾的间隙，照射在上海的土地，施与自然的温暖。你抬头一望，但阳光马上就被云雾抓获似的，不见踪影。

自1932年的"一·二八事变"之后，上海迅速恢复了经济，炮火声总算是停止了。你希望从此不再听到那骇人的地狱之声，那只会让无辜百姓怨声载道。

如今，外滩周遭矗立着一座座大楼，车水马龙，灯红酒绿，光影璀璨，笑声与哄闹声来来往往，乐声与烟圈相映衬。奢靡的氛围盖过了战争的阴霾，笼罩在上海的天空，沉积在阴暗的下水道。而对面的黄浦江上则浮着无数的货船，对应的是一堆又一堆拥挤的工人，他们或背着、或拖着袋袋货物，黑与白、灰与棕，搭配的只有迷茫的眼神与频繁滴下的汗水，昼夜不停地见证着上海的发展。

你乘坐着黄包车，师傅汗如雨下，马不停蹄。静安寺路周遭联排式的里弄房屋一霎而过，繁华在你眼中不过走马观花。

此时一辆有轨电车经过，你注意到车上贴有大大的"美霞牌香烟"的广告，广告的代言人是**吴灯倩**。她是当今最具影响力的电影明星，广告上她正叼着烟，以侧脸对着镜头，微微昂起头，表情有一股刻意的倔强，这反而流露出别样的可爱与稚嫩。这大概就是她之所以能让那么多人崇拜的原因，而你就是"那么多人"中微不足道的，却深受她影响的一位。

你名叫李菲，今年才 17 岁，还是一名学生，平时习惯戴着一副罗克式眼镜，披着厚呢的大衣。你的性格比较内向，沉默寡言，但你可是被世人称赞的"天才少女侦探"。你曾因帮巡捕房屡破奇案而闻名，但无人知道你的偶像竟是吴灯倩这样一名颇具争议的戏子。外人理解不了吴灯倩对你的意义，你便干脆闭口不谈。

每次看到吴灯倩，你总会想起 1932 年 2 月 7 日，那天正好是她在白渡桥发表大演讲的日子。而就在演讲进行时，在吴灯倩住宅旁边的一家工厂由于意外发生了一场火灾。当时民众好不容易灭火之后，却发现一具女尸从泥土中显露了出来。显然，这具女尸被埋葬于此，并非因火灾而死亡。但尸体被烧得面目全非，根本无法辨认其身份，也没有任何人表示可能认识死者。

这在当时是很平常的事情，大家普遍认为那只是又一个惨死于炮火中的人罢了。

而后来由于战争激化，大家都不再在意这件事了。

黄包车师傅的一句话打断了你的回忆，将你拉回到眼前的现实：

"客人，步宅到咯。"

# 大宅

你在门口遇上了**罗思思**。她才比你大一岁,是电影世家的富家女,同样也是热爱探案的"高中生侦探"。此刻她身穿裙衫样式西派高中校服,留着短发,眼睛明亮,脸颊不施粉黛,自然地显出娇艳红润,正蹦蹦跳跳地进入步宅。

一个头颅长得像胡萝卜的男人从府中朝你们走来,他的右小臂不自然地弯曲,置于腹部前。从衣着与仪态来看,估计是这里的管家。

管家**顾利力**今年57岁,在这里工作已经长达三十一年。他领着你们走进步宅。

步宅建于步间风的父亲——步衡那个时代。当时步宅建成,其前所未有的独特构造震惊了上海滩。据闻大宅建造时,任性的步衡突发奇想,要求建筑师**根据自己儿子姓名的第二个字来构造一个"类汉字"的建筑**。由于步衡本身就是黄金荣手下的流氓大亨,地位非常高,基本没有他不敢想、也没有他做不到的。因此,**若从平面图俯视来看,步宅的室内造型就是一个类汉字**。

1919年,步衡因癌症去世之后,长子步间风就继承了这一栋大宅。

你随同顾利力走进宽敞大厅,迎面可见在中央有一根长方体的巨型柱子直直地连接着天花板。管家介绍,这根柱子一直通往楼顶,内部除了位于一楼的部分被打造成两个空间外,其余部分都是实心的。柱子所占空间相当大,除非你站在角落,否则你在东侧几乎无法看到西侧的空间,反之亦然。

你继续往前走,发现了通往二楼的楼梯。

管家同时向你介绍,大宅总共有两层,外加一个天台。管家与女佣住在一楼；大门与楼梯方位是相对应的，你上了拐角的楼梯，发现步间风与妻子伊伊的主人房就位于二楼东南侧，在其右侧是无人居住的空房。

二楼通往天台的楼梯位于南面，在空房的隔壁。

你回到一楼，看到两个男人。

其中一个体格魁梧结实，长方脸，鼻梁高，额宽阔，两眼炯炯有光。他叫霍森，今年37岁，是中国第一名侦探，被称为"东方福尔摩斯"。**他对人世间的"正义"有着强烈的执着，每次接受公开采访时都会强调自己的职责就是伸张正义，哪怕不择手段。**

另一个是如杆子般高高瘦瘦的男人，他戴着银色面具，只露出两只目光锐利的眼睛，身穿毛衣背心，打着鲜红的领带，还披着一件灰色斗篷，左手戴着一枚奇特的鲤鱼形大指环，左耳郭有一颗鲜红如血的红痣。

你从未见过他，也无法判断出准确的年龄，但直觉告诉你这人不简单。

他主动上前向你们打招呼："两位小妹妹，你们好。我叫鲁冰，请多指教。"

**鲁冰?!** 听到这个名字，你也不禁惊呼。毕竟你从未想象过，巡捕房追查了将近四十年都毫无头绪的"侠盗"如今竟然会在步间风的大宅里出现。而且是主动打招呼这么一种和谐又奇特的情形！

鲁冰是盗，但与一般的小偷小摸不一样，他干的都是劫富济贫的勾当，专门盗窃外国富商收藏的古董，并与租界的巡捕们斗法，然而每次作案都不会留下任何尾巴。所以近四十年来，大家除了一直知道他是一名成年男性以外，没有任何其他信息。但他却一直活跃于公众的视线中，他以神奇的技法、正义的行为加上神秘的形象而闻名上海滩。

神奇的是，除了"盗"之外，他还会通过暗中留下信件的方式，不定时帮助巡捕房破获巡捕无法解决的犯罪案件，这更是让巡捕房恼火！可鲁冰因此在百姓之中地位颇高。

紧接着，**黄雪唯**与胡弦也来了，二人并肩走进大宅。黄雪唯今年32岁，烫了一头欧式宫廷卷发，身上穿着一件高领的红色碎花旗袍，足下则蹬了一双酒红色的高跟鞋，整个人显得自信坚定、风姿绰约、从容优雅。

**胡弦** 38岁，长着一张喜剧脸，即使在他正经或悲伤的情况下，他的嘴角也似上扬，总会给人一种微笑的感觉，生理的构造使他像一尊笑面佛。不知是否有意配合这外貌，根本不会抽烟的他平日也习惯叼着烟斗，只为了模仿福尔摩斯。作为一名侦探，他的能力极其有限，信誓旦旦指出的犯人实际都是清白的，基本上他是靠狗屎运误打误撞破的案，因此被称为"大名鼎鼎的失败侦探"。

他得知鲁冰也在场，战战兢兢地问道：

"听……听闻1935年步间云被害的那起案件，是鲁冰先生您亲自抓住的真凶李约，果……果真如此吗？"

"那是当然，除了我还能是谁？"鲁冰嘚瑟却又敷衍道。

**传闻中，行侠仗义的鲁冰一贯一人做事一人当，既不会将别人的功劳揽到自己头上，也从不会否认自己犯下的案子。**既然这么说，那么1935年的案件确实就是鲁冰作为侦探破获的。

这时，步间风从楼上走了下来，站在中央的楼梯上。

步间风今年43岁，眼神深邃，令人难以捉摸。

"欢迎六位的到来，各位可以在此处暂作休息，或者随意走动了解一下。下人很快就会准备好晚餐，餐后十分钟我们再去会议室详谈。"

说罢，步间风就留下一个意味深长的笑容，转身回到楼上。

# 晚宴

虽然大宅很宽敞,但步家实际上没多少人。

步衡有两个儿子。步间风是长子,而步间云则为次子。后来不知为何,步间云与父亲决裂,离家出走,而步间风留在了大宅,继承了家业。兄弟二人其实感情一直不错。然而两年前,步间云惨死在大宅中,这让步家蒙上了一层阴霾。

现在在此生活的也只有四人,就是步间风、伊伊、管家顾利力、女佣艾文。

女佣艾文,今年26岁,进入步宅工作即将满两年。

晚上6点整,晚宴正式开始。步间风与妻子伊伊也正式来到众人面前。

晚宴在柱子中间的餐厅开始。那是一张容得下十多人的中式圆桌。除了女佣与管家之外,所有人都聚集在餐桌前共餐(座次安排见《线索册》第13页附图)。

如果寄恐吓信的人真的会在众目睽睽之下于晚上行凶,那么在饭桌上下毒会是最有可能的一种方式,但你想不到在被一众侦探包围的情况下要如何行动。

艾文盛来了第一道菜——冬虫夏草炖鸡汤,她站在步间风正对面位置上汤,先是将一碗放到转盘上,缓缓转到了步间风处。步间风自然地将汤给了身旁的伊伊,伊伊无言接下了。

步间风面露不悦:"艾文,你怎么回事?这样一碗一碗要弄多久,赶紧把所有的都盛上来,别在众宾客面前丢脸。"

听罢,艾文又将三碗汤通过座位的间隙摆到转盘上,然后逆时针转动,汤碗停留在李菲与黄雪唯之间。待三人接下后,艾文又将四碗汤摆到转盘上，这次以顺时针转动，汤碗停留在步间风与胡弦之间。就这样，艾文分完了汤。

之后，艾文还陆续上了牛胸腺等荤食，属实是佳肴盛宴。

在步间风的招呼下，尴尬的众人便开始用餐。

鲁冰也将面具摘了下来，大家都不约而同瞄了他一眼，但面具底下只是一张平平无奇的脸。你也曾幻想过他的模样，而如今一见实在颇为失望……

大概都选择将评价藏在心里，其他人也没什么反应，马上又专注于眼前餐桌上的佳肴。

6点05分，大家还在以喝汤为主。穿着宽松长袖马褂的管家不打招呼就突然走了进来，他左手一直置于身后，右手拿着一封信，右小臂依然不自然地弯曲，马褂袖子长度到他小臂的一半。他直接走向步间风，在他身边俯身弯腰，手腕斜向下，将手中的信件准确递到汤碗正上方，阻隔了喝汤的步间风。这动作在你看来有些蛮横，果然换来了步间风的一顿臭骂。

"你在干什么？！顾利力，没看见我在喝汤吗？"

"抱歉，老爷。我刚在门外收到一封信，对方好像特别着急，于是就冒昧拿过来了。"

步间风匆匆看了一眼内容。

"哦，是马歇尔探长的信，还好，不是很着急，你先收着。还有，别随意打扰我和宾客们用餐。"

管家这才意识到自己的失态，连忙向众人赔不是，并以碎步快速走出餐厅。

除了这一段小插曲，之后直到6点45分晚宴结束，都没有什么可疑的事情发生。

"突然一封信递过来，把我整个碗都挡住了，真是让人无话可说……"

吃饱离场时，步间风再次数落了一下顾利力。

8

# 小插曲

6点55分,你们六位侦探聚集到会客室中。

此时,步间风还在二楼,尚未下来。你们无所事事,倒是先观察起会客室的摆设。你发现这里除了经济贸易相关的书籍,占多数的都是英文书籍,读起来非常艰涩,即使是比较懂英文的你也看不懂。

鲁冰:"看来,步间风对弟弟的感情还是很深的。"

霍森:"怎么突然这么说?"

鲁冰:"你看,步间风还把这么多步间云的藏书留在这里。"

罗思思:"你怎么确定这是步间云的书?上面又没写名字。"

鲁冰:"因为我在八年前就知道只有弟弟懂英文。"

胡弦:"斗胆敢问兄台贵庚?"

鲁冰:"今年已是四十六……"

说到这里,步间风的脚步声打断了众人的聊天。他走了进来,你们的注意力瞬间被他吸引过去。

步间风摆出一副东道主的笑面,但随即便干咳了两声,严肃道:

"各位不愧是名侦探,哪怕饭后也还是这么有精神。但不要忘记步某的委托。宅内的其他三个人都不知道你们今晚来这里的目的是什么,因为平时步某也经常邀请各行各业的有为人士。所以,请各位切勿泄露!对了,步某并不是完全信任自己的妻子,之前随便找了个借口,让她今晚去二楼右边空着的房间睡觉,大家如果看到她从客人房出来的话也不必惊讶。"

"步先生为何会相信,信上说今晚,杀手就真的会在今晚动手?"你问道。

"当然,否则为何要写这封信呢?既然这样说了,就一定会在那时动手。

这样的人步某见识无数，包括曾经的步某也是这般。呵呵呵呵，怎么说好呢，或许可以解释为一种仪式感……"

"为何不去请巡捕房？以步先生的名声，他们必定会誓死保护。"黄雪唯问出了在场所有人都好奇的问题。

"巡捕房过去破案不也是依赖各位？步某去委托巡捕房，巡捕房来委托你们，那步某何不直接委托你们？"

步间风笑了笑，露出洁白的牙齿，继而转身朝门外走去。

"不知为何，突然有点困意……恕步某招待不周，先回房间休息了。侦探们！明天咱们再见，定不会亏待各位。"

步间风将看守安排告知你们后便离开了。此时刚好7点10分。

## "海陆空"之大宅刺杀

你按照步间风的指示守候在一楼的西南方角落。

8点整,你注意到女佣从自己的房间出来。你连忙装作随意游逛的模样,掩饰自己的观察目的。可女佣似乎完全没有注意到你的存在。

过了一会儿,女佣原路回到自己的房间。

接下来的一整晚,没有其他人进入过你的视线范围内,而所有人的行动也与案件没有关系,便不多叙述。

次日早上8点整,你听到楼上传来很大的动静,连忙冲上去,发现大家聚集在步间风的门前。原来,是管家过来找步间风,却发现门内得不到回应。

按照管家的话,步间风一般习惯在7点起床吃早饭,而今天直到现在仍然没有任何动静。管家顿感不妙,连忙用钥匙打开了房门,**只见步间风安详地仰躺在床上,如果不细看,只会以为他仍在熟睡当中,真不会察觉他已经离世……**

你们立马将其余人喊来并报案。巡捕房的卢在石探长赶到,雷厉风行地控制好现场。后来尸检证明,步间风的死亡时间在昨天晚上的7点20分至9点20分之间。他是被毒杀的,**身上的伤痕只有脖子上的一个针孔**。毒来自步家地下室的毒针。

据闻,刚发现尸体的那刻,步间风所处的空间的南北侧都是完好无损的锁上状态,但如果有钥匙,则从里外两边都可以打开;而房间内东西两侧的墙壁显然没有问题。

那么,凶手到底是怎样完成这场谋杀的呢?

# 你的任务

1. 凶手是谁?

2. 凶手是如何行凶的?

3. 注意,若是神探,则绝不会撒谎,且不会隐瞒案件相关信息。

# 无碑者手记

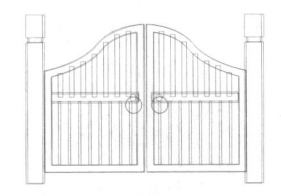

# 李菲的回忆

## 曾经

先简单说说在你出生之前，连奶奶都不愿意告诉你的故事。

很不幸，你的家人一辈子都生活在贫民窟，父母当着最底层的苦力。因怀了你，母亲不得不在棚户区里养胎，只剩父亲一人工作养活整个家庭。遗憾的是，父亲终于还是因劳累过度惨死在外头，未能赚够供母亲去医院生产的费用。最终，你的母亲与奶奶只能请棚户区业余的接生婆来家里帮忙接生，因生产条件恶劣，母亲难产，在1920年生下你之后也就随父亲而去了。所以，你从来没有关于父母的记忆。

你与奶奶苟活在棚户区。在你的记忆中还有一个姐姐相依为命。姐姐大你十七岁，她像一个好斗的野孩子，双唇时刻紧闭，眉头纠在一起，似乎总在防范着什么，又似乎一直在准备逃离这个贫民窟。

贫民窟里孩子的生活就是底层社会的缩影，由于生在恶劣的环境未能得到良好的教育，加之不良的风气影响，在这里若太过善良也就只有被集体欺侮的份儿。当你四五岁，还不懂在棚户区如何生存下去的时候，总会被大孩子们欺负，即使不主动去理会他们，他们也会专挑你这个软柿子捏，抓弄你的头发，抢你的食物，甚至捞起苏州河里的牛粪扔到你脸上。

你能做的就只有哭喊着回去向奶奶告状，但奶奶年迈的身子支撑不起她的愤怒。坏孩子甚至连奶奶也一并捉弄。奶奶除了愤怒，什么也做不了。而你除了哭喊，什么都做不了。你唯一能做的，就是去感受绝望……

幸好这时姐姐工作回来了。她挺身而出，抄起一根沾满粪便与呕吐物的扫把，将那些坏孩子全部击退。

"你们还敢来欺负我奶奶和妹妹，我就把扫把塞到你们嘴里！"

坏孩子顿时落荒而逃，此刻哭喊着回家告状的就变成他们了。

生长在这种地方，人会早熟。你六岁的时候已渐渐懂事，在与姐姐聊天时才知道保护了家庭的姐姐并非父母亲生。她与你家毫无血缘关系。

"那你是怎么来的？"

"我是你奶奶捡回来的。那要回到六年前，也就是你还是婴儿的时候……"

在棚户里隔着草棚，借着惨淡的月色，姐姐说起了她来你家的故事。

"我从小就出生在这里，但根本不知道自己的爸妈是谁，一个家人都没有。所以你还算幸运，还有一个奶奶在陪伴你，你还能知道爸妈曾经的故事。"

"这有什么好比的……"你嘀咕着。

"当你长大点儿就知道了，幸福就是比出来的。你看，那些欺负你的小孩子——噢，在你眼里是大孩子——他们就是靠欺负家庭残缺的你来获得自己那廉价的幸福感。"

"这就是他们欺负我的原因吗？"说实话，你听不太懂姐姐在说什么，你对"幸福"还没什么概念，只是觉得现在的自己虽然有时会被欺负、吃不上饭，但能和奶奶与姐姐在一起就很不错。

"是的，所以你要硬气起来，不能被他们看扁了。他们越欺负你，你就越要顽强地生存。"姐姐拥着你的肩膀，"啊……好像跑题了。说回我的故事——说来你可能不信，我在你这个年纪，也和欺负你的那些大孩子一样。"

"姐姐你也……欺负别人？"

"说实话，我根本不知道自己是怎么活过来的。反正从我有记忆开始，我就不是住在哪个棚户里。我每天游荡在棚户之间，睡在铺满不知是泥还是粪的路中央，日晒雨淋都得熬过去。虽然十分辛苦，但意外的是我从来没有过要离开这个世界的念头。"

姐姐似乎已沉醉在自己的叙说中，并没考虑年幼的你是否能理解她说的每一个词。

姐姐叹了口气，她的眼神难得变得温柔，在月光的映照下泛着泪光。她顿了顿，继续说道："但久而久之，我就被这里的大人和小孩盯上了。很正常，毕竟我偷他们难得拿回来的食物，而且还是一个无依无靠、无家可归的流浪儿。但无论他们怎么欺负我，我就是不从，就是不服，就是不倒下！刚开始，他们占了上风。后来我意识到需要比他们更残忍，更凶狠——这是我的本能告诉我的。"

"然后你就反过来去欺负他们了？"

"这是迫不得已的事情，不然今天你也见不着我了。"姐姐惨笑。

"那个时候你也会偷我家里的粮食吗？"

"很难说，我偷东西的时候不认人的。"她得意地挑了挑眉。

你和姐姐都因为这句话而异口同声地笑了。

"后来，我被一帮小屁孩群殴，才第一次感觉自己求生的本能被压倒了，我晕了过去，以为快要死了。但这个时候，有人救了我。"

"就是我的……"

"嗯，就是你奶奶。她把我带回了家，还替我治伤。"

姐姐的大腿上有一条长长的黑褐色的疤痕，她说那就是当时留下的，估计会伴随终生。但正是这疤痕能让她一直谨记你家的大恩大德。

"于是你被感动了，成了我的姐姐。"

听到这句话，姐姐露出无奈的笑容："并没有这么简单，其实关键还是因为你。但今天就说到这里好了。要睡觉咯！"

说罢，姐姐顿时就从感伤的氛围里抽离，挪动身体顺势倒在草席上，任你如何撒娇哀求，姐姐都当听不见一般，捂着脸沉沉睡去。

为何姐姐成为家人是因为你？对此你一直很疑惑，而姐姐却总是不说。

1930年2月1日，你在外游玩后回家，**讶异地发现家里竟有一个浓妆艳抹的陌生女人。**当女人口中喊出"我是你姐姐啊，菲菲"时，你才明白是怎么一回事。

原来姐姐在外赚到了一些零花钱，便尝试模仿外头的女人，买回一些胭脂什么的，自行涂抹玩玩。不得不说，她洗干净脸、**化了妆之后，真是变成完全不同的女人，**美丽极了……

可惜这种美丽在贫民窟毫无用处。

这段插曲就这么过去了。

时光飞逝，不知不觉间你也长成了一个落落大方的女孩子，开始意识到外面或许是一个更加精彩的世界，而自己只能终生待在这个垃圾堆苟延残喘，不断恶性循环着这可怜的境况。你感到不甘，却无能为力。

"我们会逃出这里的。"姐姐一个字一个字地坚定地对你说。

"真能逃出这里吗？"你向来相信姐姐说的一切，唯独这句话让你存疑。

"会。我一定会让你拥有更好的生活，让奶奶能够安心养老。"

姐姐满眼坚定。

**不久后的某一天，姐姐突然悄无声息地离开了这个家，**没留下任何去向信息或联系方式。你不断问奶奶，可奶奶也支吾着表示不清楚，搪塞过去。

**过了三个月，奶奶突然收到一笔巨款，**她兴奋地跟你说可以离开棚户区，**搬去外面了。**那时奶奶就像突然年轻了二十岁一样。你看着手上的钞票，意识到这并不是幻想，也兴奋地大叫起来，全然没意识到应该去问一问这钱的来源。

## 信仰

离开贫民窟住进弄房后,你也顺利进入学堂接受教育。

你渴望自己能得到他人的认可,本以为从此就能摆脱过去生活的苦楚,然而同学不知从何得知你的出身,便开始在背地里议论,继而嘲笑排斥你。你本来就习惯隐忍,加之过去生活阴影的影响,你变得更加自卑与封闭。在歧视与鄙夷中,你开始自我怀疑。

阴霾再次朝你袭来,只是从过去肮脏的污水、发霉的饭菜变成如今同学间的流言蜚语罢了。

你终于切身体会到姐姐当年说的那句话——

"他们就是靠欺负家庭残缺的你来获得自己那廉价的幸福感。"

但你已经想不起后来姐姐是如何激励自己的了。

对了,姐姐在哪儿呢?自从搬进弄房后,你已经很久没有想起过姐姐了,寻找她的动力也消失殆尽,只是偶尔回忆起仍会有一丝悲伤与温暖……作为小大人,你已经接受了情感会随着时间流逝而变化的现实。

即便老师不停鼓励你,狠狠地责怪了排斥你的同学,但你依然无法摆脱恶言的影响。每晚躺在床上,你的脑海里就会控制不住浮现出那些调皮的孩子集体围着自己嘲笑的场景,而你只能无助地站在原地,眼神的焦点拉近,聚焦于他们唾液狂喷的唇齿间,像镜头一样高速扫过每一副嘴脸。这令你冒出一身冷汗,难以安眠。

"奶奶,我是不是不应该出生?"一天晚上,你终于忍不住问出这个问题。

"傻孩子,说什么呢?"奶奶立刻转过身子把你拥在怀里,"不用管别人怎么想，在我眼里，还有你爸爸妈妈眼里，你就是这个世界上最美好的存在，是上天赐给我们的礼物。"

虽然奶奶费心安慰你，但你一想到奶奶在学校里也只能畏首畏尾，便仍然难以心安。你很内疚，是对无法接受奶奶安慰的内疚。

你开始考虑退学的问题，但偶然一次，**从来对电影不感兴趣的奶奶竟突然带你去戏院看了吴灯倩主演的《野花》**。这是你第一次看电影，片中的吴灯倩是一个彻头彻尾的悲惨角色，表面上化着浓妆，花枝招展，真实情况却是被一个地痞包养，一回到家就遭到虐待。地痞逼迫她卖身给外国人来赚钱，从而招致嫉妒她外貌与风情的人的流言蜚语。即便之后脱离了地痞的控制，去新的地方重新发展，关于她的闲话依旧不断，且越传越离谱。

你虽然才十一岁，在什么都还不太懂的年纪看电影，但依然因这相似的处境而哭泣。你从观看他人的、虚构的故事中，第一次感受到自己的存在并不是特殊的，也不是错误的。就像干裂的大地终于迎来了一场及时雨，在你彻底干枯之际滋养了你。雨虽然并不大，但因这及时的抚慰，你的身体与心灵终于再一次迸发出前进的动力。

影片到最后，吴灯倩饰演的女子惨死于街头，生命在一片虚无与悲哀中落下帷幕。电影似乎遭到了不少的恶评与骂声，有些愤慨的人公然说什么"这是在侮辱中国人""崇洋媚外的烂货"……

而你当时并不懂这些，注意力全被吴灯倩的体态与气质吸引，从她身上感受到了生命的坚忍，对自我存在的肯定。而她对活着的渴望与顽强穿透黑白的银幕冲进你的心扉，你才意识到原来一个人在面对千夫所指的逆境中也可以昂头挺胸伫立于天地间。

这种共鸣来自于最直观的感性认识，而不需要任何理性的理解。

你不知道为何旁人没有如自己一般的感受，但也管不得别人，也无须去管。

顽强地生存——你终于回想起姐姐当时激励你的那句话，便打消了退学的念头。之后在学堂中，你学会了主动去反抗。同学们越是嘲笑你，你就越是主动回击，脑海中浮现着《野花》《流言》《蝴蝶》等电影中吴灯倩的身影……你模仿着她面对流言蜚语时的姿态。逐渐地，欺负你的同学都畏惧你，从而只能干脆无视你。

但没关系，你已经铸成了一颗沉稳的心，靠自己肯定着自己的存在。

正因如此，即使后来吴灯倩饰演的角色惹来了诸多争议，你也渐渐明白这些争议对中国人来说意味着什么，可她始终是你的精神支柱。上中学后，正是花季少女迷恋偶像的年纪，每当同学问起你的偶像时，你总是自豪地说出吴灯倩的名字，仿佛那是属于自己的标志一般。当然，你知道这回答只能换来对方的鄙夷与不解。

但没关系，这些都没有关系。只要你知道吴灯倩对你的生命而言意味着什么就好。是吴灯倩一个又一个被旁人斥责的"负面"角色教会了你在生命中总有任何外人都没有资格评判的东西，那就是专属于每个人的内心世界的信念。只不过有些人找到了，有些人还没找到。

# 自我

你和吴灯倩的第一次接触是在1932年初。

1月,吴灯倩倾尽心血的电影《女神》上映,岂料没几天,便赶上"一·二八事变"爆发。上海滩被笼罩在一层灰色的阴霾之下,颓废的氛围席卷每个角落,消磨着中国人的意志。你的学堂也暂时停课,你回到弄房与日渐衰老的奶奶时刻准备着逃亡。

2月3日,大街小巷都流传着"吴灯倩宣布息影,转而成为爱国运动领导者"的消息。

这消息在百姓之间轰动一时,争议纷纷。毕竟一个小戏子——更是弱女子——竟会做出如此激进的选择,实在令人难以置信,甚至有人怀疑这是炒作。而吴灯倩并不理会,到处在街头游说演讲。

2月7日,你得知吴灯倩将会在白渡桥进行一场正式的大演讲,便连忙赶往那里,只见人潮汹涌,但并没有遮盖住桥上那个耀眼的身影。大概有赖于从影的经验,吴灯倩在众目睽睽之下毫不怯场,展现出人们在电影中从未见识过的一面。她的身影与嗓音仿佛一束亮光,既清澈,又闪耀。这是你第一次亲眼见到吴灯倩,亲耳听到吴灯倩的嗓音。她高亢而沉稳的声音吸引着你不断挤过人群向她靠近。

你终于挤到能观察到她面容的距离,只见她站在高台上,身穿中山装,却又化着浓妆,又红又白的,但脂粉并不能抑制她的气势。她没了以往在电影中流露的温婉知性与文艺气质,取而代之的是眼里锐利的寒光,寒光中洋溢着火烫的热情,坚定而自信。原本披肩的长发,现在也高高束起,显得很干练,似乎随时都在准备殊死相搏。难以相信那单薄的身躯竟有如此强大而坚定的气场，震慑住了所有人，其中也包括挤在人群中凝望与聆听的你。与此同时，你又听到旁人开始指责她那"如白皮鬼一般的脸"，但你却选择充耳不闻，眼睛与耳朵只容得下吴灯倩的所有。

你与她在现实中的缘分，就是从那天开始的……

大概是讶异于人群里竟然会出现才12岁的小女生吧。吴灯倩注意到人群中你的身影，她瞪大了双眼——这是你唯一一次见到她由于意外而不知所措的样子——并向你靠近，与你搭话聊天。远看时是气场强大的精神领袖，靠近时却有一种熟悉的亲切感，仿佛是你多年未见的老朋友正与你相聚般。她多面的魅力更加吸引着你。

本以为不过萍水相逢，岂料之后你们有了更加频繁的接触。她总会在空闲时找你。你心想自己又没什么特别的，只不过是人群中一个普通女孩，怎么吴灯倩就总是靠近你呢？

"因为你很有趣啊，和你聊天很舒服。"吴灯倩故意漫不经心地回答。你也不知道是真是假，但你很乐于与她相处，分享自己的人生经历，无论是压抑的，还是美妙的。

能在支撑着自己的人生走下去的偶像面前，大方讲述自己的人生经历，让对方知道自己是如何被她的力量所影响的，是一件多么幸福的事情……

1933年，社会暂时稳定下来，经济重建。中国人力挽狂澜，向死而生。吴灯倩不再到处奔波游行，而是参加了灾区重建的活动，而你也重新上学，得以安心读书。

某天，一缕阳光从百叶窗外射入，照在你的一条手臂上，像温软的手抚慰着你。刹那间，阳光似乎被人故意遮挡住了。你向窗外望去，只见纤纤丽影立于窗前，阳光成了这身影的衬托。由于光芒耀眼，你未能一下子看清她的样貌，但根据身姿与那锐利而沉稳的眼神，你顿时知道她是吴灯倩。你既惊讶又感动。

眼前的吴灯倩依旧戴着一只明显不合大小的手镯，脸上画着西式浓妆，面露惬意，不再像第一次见面时那般锋芒毕露，但你依然从她的一举一动中感受到，她时刻准备着应变，一旦有什么风吹草动，内心的狮子便立刻苏醒。

"你觉得我是继续当回电影明星，还是去搞革命，或者当回一个普普通通的中国人？"闲聊了几句后，吴灯倩突然严肃起来向你问道。看来她来找你就是为了这件事，可你依旧想不明白一个大明星为何要专门来征求你的意见。

"为什么要问我……"你胆怯地问。

"你不是说过，我是你的信仰吗？哎呀，这话由我自己说出来，可真有点儿不要脸呢！呵呵呵。"

"其实你影响我最深的，是直率做自己的勇气。我觉得不需要我说太多，从旁人的角度看来，只要灯倩姐你做自己，无论怎么样都是最好的选择。"

"做自己……"听到你这么简单地回应，吴灯倩突然有点蒙。你以为她会觉得失望，或者责备你，毕竟她可是专门来找你的，而涉世未深的你也只能提出并没有实际帮助的建议。

你内心涌起一股愧疚，本想着先道歉，而吴灯倩眼里却闪出一丝光芒，随即笑了笑："我已经很久没听过这三个字了。要不是你现在对我说起，可能我都忘记世界上还有这种选择。我问过其他一些朋友，比你年纪大的人都会劝我这样那样，为我规划好未来的道路。满口大道理听起来还是蛮专业的，也很现实。但是……从来没人问过我想怎么样，更没人对我说过要'做自己'。"

"难道灯倩姐一直以来，都是在做别人吗？"

吴灯倩一愣，然后苦笑道："不如说，我是随风飘动，跟随着别人的步伐。"

"可在我眼里，灯倩姐你一直都是跟着自己的心去做任何事，尤其是在那部《野花》里。虽然电影的故事是假的，角色也只是在表演，但我相信里面肯定包含了属于你自己的东西。就是那种'东西'才深深打动了我，帮助我渡过人生的难关。"

说到这里，你回想起自己在学堂里因贫苦出身而被霸凌的经历……

"可能灯倩姐你一直没有意识到，在你的每一部电影里，都会不自觉流露出专属于你个人的那种气质与品格，那是我在看了你几乎所有电影之后才发觉的，那是无论如何都掩盖不住的。因为你在勇敢无畏地做自己，所以我也在努力地做着自己。如果你变成别人而随波逐流，那我也不知道该怎么办了。"

你忍不住一口气倾尽内心的所有，而吴灯倩沉思片刻，只是简简单单回了"我明白了"四个字。随即，她又张了张嘴，吸了口气，似乎想说些什么，但定住了数秒，马上又泄了气，闭上了嘴。

"怎么，灯倩姐想说些啥吗？"

"没啥，本来想说些调侃你的话，但想想还是算了，不说了。"

"真让人捉摸不透。我期待着未来在银幕上与你相见。"

"不。我们应该各自努力地生活，尽情地做自己，然后在人生的最高峰相见。"

"到时会是怎样的呢？"

"到时想必会会心一笑。"

你们挥手道别。你站在教室门口，看着吴灯倩迎着阳光，摇摆着身姿，迈着坚定的步伐，潇洒地向外走。